お耳拝借

つぶやき続けて四半世紀

樋田省吾

青簡舎

序に代えて

近年になって分かったことだが、我が家の祖先が失念したのか、意図されたものかは不明だが、相続時に登記が行われておらずそのままになっていた土地があったのだ。木曽川が流れる岐阜県恵那市の道路整備に伴い、その該当する土地のうち所有者が不明になっている場所について、市が膨大な数の相続人を突き止めたらしい。恵那市から所有権の放棄依頼の文書とともに、その家系図が父親のもとに送られてきた。77人が記載されており、そのうち相続人がなんと37人。私の父親もその権利者の1人だったのだ。当然父親が健在だったため私の名は記載されていない。

日本全国にはこのような土地が多く存在しており、近年問題になっていて、我が家もその一例だ。現在は不動産登記法が改正され、相続等により不動産を取得した相続人は登記が義務化されている。いずれにしても副産物として時間とお金をかけることなく家系図を得ることが出来たのは幸いだった。

そこで判明したのが、父方の祖父が養子であったことだ。昔はよくあったようだが、遅まきながら知ることが出来て良かったと思う。本来の姓は「樋田《といだ》」というらしい。これが「氏」にまつわる話だ。

そして父親から本当の名前は「しょうご」だったと聞かされたこと。その名前が父親の事だったのか、私の事だったのか、いつのことで、どんな状況で、どんな理由だったかは定かではないが、なぜか覚えている記憶の断片だ。すでに確認するすべはない。当然、漢字も分からないので、開運の画数を調べて「省吾」とした。これが「名」にまつわる話だ。このことから「樋田省吾」をペンネームとして使わせて頂くこととした。

父親が他界して2年が経つ。この「お耳拝借」の読者でもあった。我が家には遺影のようなものがある。ようなものとは私の息子（当人には孫）を励ますために撮られた写真なのだが、私の両親がガッツポーズをしているものなのだ。そのガッツポーズにつられるように毎朝「今日も頑張ります。」とガッツポーズをして出かけるのが私の日課だ。不思議と元気がでるもので、そして帰宅して「頑張りました。」とまたガッツポーズ。たぶん「おっー」と返しているに違いない。そんな雰囲気の父親だった。

生み育て、そして最後に逝き方も教えてくれた、そんな「親父」に捧ぐ。

目次

お耳拝借

―つぶやき続けて四半世紀―

❖ コウノトリ

赤ちゃんはコウノトリが運んでくるという。童話作家アンデルセンの『沼の王の娘』に始まる。渡り鳥のコウノトリが春になって戻ってくることからだという。命に感謝だ。自然と涙があふれる。2月26日に長男が誕生した。なんとも最後に逆子となり帝王切開となった。家内にも感謝が絶えない。神様のいたずらなのか、ちょうど1年前の同じ2月26日に流産を経験していたので、生まれ変わりだと思えてくる。我が家の二二六事件だ。しかも遅くして生まれた子のため本当に感謝だ。しっかり自分の道を歩んで欲しい。有島武郎の『小さき者へ』を読み返す。そのラスト「小さき者よ。不幸なそして同時に、幸福なお前たちの父と母との祝福を胸にしめて人の世の旅に登れ。前途は遠い。そして暗い。然し恐れてはならぬ。恐れない者の前に道は開ける。行け。勇んで。小さき者よ」。親とは古今東西、こんな心境になるものなのだろう。責任と義務。そんな覚悟と勇気をもらう。日本のコウノトリは明治時代に、田んぼを荒らすなど悪い鳥とされ、銃殺されたり、また農薬に含まれる水銀などの影響により、少子化に呼応するように絶滅する。昭和60年に兵庫県豊岡市が、ソ連から譲り受けた幼鳥6羽を飼育し、コウノトリの郷公園で繁殖に取り組んでいる。これにより日本の少子化に歯止めは掛からないだろうか。多くのコウノトリが育っていくことを願う。

❖ えっ！

田舎に生まれ、何に付け几帳面で、長男としてしっかりしないととの思いは、典型的な日本人の血液型「A型」気質の「少年N」。街灯が少ない土地柄、反射材のついたワッペンを腕に巻いて通学をしていた。そのワッペンの裏には、確かに名前とA型が記載されていたのだ。血液型性格診断などをみても納得していたものだ。そんな少年Nの気の置けない友達は、O型、B型、AB型がわりと多く、大人になっても飲み仲間だ。上京し、定期的に健康診断を受けるような年齢になったある年。いつもの病院を変えて受けた人間ドックの医師から、「O型」と書かれた血液型カードを手渡された。大人N「先生、私はA型ですけど」。ドクター「あなたO型ですよ！」。大人N「A？《えっー》　O！《おっー》」。と絶句。学生時代には何の疑問を持つはずもなく、しかも大きな怪我をしたことがなく入院することもなかったため、輸血を受けた経験がなかったのだ。せめてもっと早くに献血でもしていたらとも思ったが、何となく感じていたモヤモヤの解を見つけられ、不思議な納得感に包まれた。後日、母親に報告。母「A型って言われたんだけどなぁ」。えっー！

❖ くさや

観光地は混んでる方がいいか。空いてる方がいいか。調布飛行場から40分ほどにある「新島」に向かった。小型飛行機ならではのフライトで、ジャンボと違いせいぜい20人ぐらいで乗り込む。搭乗前に荷物の重量を計るのだが、なんと体重も聞かれる。女性にもだ。座席が2列のため左右のバランスを取るのだそうだ。なるほど。若者の夏のイメージの新島だが仕事で訪れた。しかも冬のシーズンに。当然、観光客などいるはずもなく、観光もしなかったが、3泊の間は毎晩の酒盛りとカラオケ。それはそれで楽しんだのだが、仕事の合間に見た羽伏浦海岸は無人で、独り占めだったがやはり観光地はほどほどに人がいた方がいい。せめてもと見学した新島ガラスセンターの特産品のグラスは、火山石のコーガ石を原料としており、世界でもイタリアのリバリ島と新島だけらしく、硬質で透明度が高くオリーブ色をしている。大島、利島、神津島、式根島、三宅島、新島など伊豆諸島は伊豆の名が付くように、以前は静岡県だったのだ。後に神奈川県となるも現在は東京都の一部だ。船や飛行機が東京を発着するため、行政管理の問題や島民の希望でもあったという。そのためちょっと不思議な感覚だが、品川ナンバーが颯爽と走るのだ。新島には病院が無いため、出産や入院は本土を利用している。そのため医療費控除は旅費控除の割合が高くなる。３００年の伝統だという「くさや」に挑戦した。新島の皆さんごめんなさい。無理でした。

❖ジャポニズム

パリ万国博覧会の開催に合わせて、セーヌ川に面するパリ中心部にできたオルセー駅。役目を終えて廃駅となって放置されていたが、ジスカール・デスタン大統領の発案により、オルセー美術館として生まれ変わる。印象派の作品が中心で、宗教画がないためアートに興味がない人でも親しみやすいとされる。窓から差し込む光で館内は明るく、建物そのものが美しい美術館だ。アンリ・ルソーの「蛇使いの女」を見たときの感動は忘れられない。印象派と呼ばれる芸術運動は当時すぐには受け入れられなかったが、その作品を買い取り、また自らも多くの絵を描き、資金援助をしたのがカイユボットだ。遺言により作品はフランス政府に寄贈され、そしてオルセー美術館に。彼がいなければ成り立っていなかっとも言われる。ジャポニズムブームが巻き起こるのもこの時期だ。日本独特の構図や平面的な色彩構成が、新しい表現方法として受け入れられていく。印象派の誕生―描くことの自由―オルセー美術館展を鑑賞した。世界で一番有名な少年とされるエドワール・マネの「笛を吹く少年」は、少し緊張気味にポーズをとり、背景は無地で遠近感を廃した平面的な浮世絵の技法が取り入れられ、ジャポニズムの影響が指摘される作品だ。

補記　その後ジスカール・デスタン大統領の死去にともないオルセー美術館ヴァレリー・ジスカール・デスタンに改名している。

❖桃太郎

怖い顔をして、頭にはツノが生え、虎柄のパンツを履いている。こんなイメージの鬼。桃太郎がお供をつれて鬼退治に行ってくれるから、小さな子どもたちにも馴染みがある。桃太郎伝説は各地にあり、有名なのは吉備津彦や鬼ノ城がある岡山県だ。吉備団子もあるのでこちらは全国区だ。愛知県犬山市にも桃太郎神社があり、昭和5年、木曽川沿岸に鎮座している。失礼を承知でいうと、境内にはこれはちょっとと思える桃太郎たちが20体ほど配置されている。小さな子どもたち向けと解釈するしかない。「桃くぐり」をすると100歳まで長生きするとされる岩も用意されている。子授かり、安産、こどもの発育、災除け、長寿などのご利益を授かれる有り難い神社だ。十二支を時計の12時から順に配置すると、1時が丑、2時が寅。鬼門が北東のため鬼は艮（丑寅）だ。そのためツノを生やし、虎柄のパンツの格好をしているのだ。そして裏鬼門である、8時は申、9時は酉、10時が戌。桃太郎がお供に犬、猿、キジを連れて行く理由だ。古代中国では亀の甲羅を火の中に入れ、できた割れ目で占いをしていた。その割れ目が兆、きざし、前触れ、希望などを意味する。そのため桃が古より祭祀などに利用されてきたのだ。桃の節句など桃は魔除けの効果を持つとされている。桃太郎がんばれ！

❖北一硝子

♪ ヤーレン・ソーラン・ソーラン・ソーラン・ソーラン　ニシン来たかと鴎に訊けば　わたしゃ発つ鳥　波に聞け　チョイ・ヤサエ・エンヤン・サー・ノ・ドッコイショ・ハー・ドッコイショ・ドッコイショ。誰もが口ずさめるソーラン節の起源となった沖揚げ音頭だ。半分はヘブライ語とされる。ヤーレン・ソーランは1人でも神に喜び歌う。ヤサエ・エンヤン・サーは前進！　まっすぐに私と神は進む。ノ・ドッコイショは来たれ！　神の救い！　となるそうだ。いずれにしても恵みの鰊《ニシン》をとるため、船を漕ぎながら唄うのだ。その発祥地、積丹半島の付け根にある小樽は、奈良時代から室町時代にかけてニシンの千石場所だった。以来、昭和初期まで北日本随一の経済都市として繁栄する。多くのニシン御殿などがそれを物語るが、大正期には小樽運河が整備され、現在では倉庫群や堺町通りに立ち並ぶ石造倉庫とともに観光名所だ。坂の街とも言われ船見坂など小説にも、映画にもなるほどの景勝地だ。石原裕次郎ゆかりの地として記念館もあり観光客が絶えない。美味しい海の幸をつまみに、北一硝子でたしなむ芋焼酎は最高だ。

補記　石原裕次郎記念館は惜しまれつつ、平成29年に閉館している。

❖ 原点

八溝山地の奥深く、しんと静まり返り、朱塗りの反り橋から見る石段と山門が印象的だ。筑前の聖福寺、越前の永平寺、紀州の興国寺とともに、日本四大道場とされる栃木県大田原市にある臨済宗妙心寺派「雲巌寺」。鹿沼で生まれた少年は虚弱体質だったが、16歳のときに生涯の師となる植木義雄老師と出逢い、ここ雲巌寺で坐禅に打ち込む。雪深い深夜の修行のときに「自分の心臓の音」が聞こえたという。そんな坐禅の日々に「お堂から出てきて、ファッと山を見た。山を見たんだ。同時に山を見ないんだ。山を見た。同時に山を見ないんだ。山を見て山を見ずだ。山を見るけれども同時に山という見《けん》がない。ああ山を見ているぞという見がない。」との境地に至り、22歳の時に見性を得る。後のTKC全国会の創設者「飯塚毅」だ（飯塚毅博士アーカイブ）。TKCの原点がここ雲巌寺なのだ。TKCは栃木計算センターの略で、今や業界をリードする1万人を超える会計ソフトベンダーとその職業会計人集団だ。地域会の大先輩の言葉が、現在も引き継がれている「一人は全員の為に　全員は一人の為に」。末席を汚す身として、しっかりとついて行く。飯塚毅を題材とした高杉良の小説が映画化された『不撓不屈』は、本人のイメージとは違いすぎるのだが。飯塚名誉会長の「日めくり」が事務所に飾ってある。9日目「いいか、人生は情熱だぞ」。このフレーズがお気に入りで、9日目のまま、めくらない「日めくり」となっている。

❖ハイジ

アルプスが舞台のハイジに夢中だった。そんなイメージのスイス。九州ほどの大きさだが、フランス、イタリア、ドイツ、オーストリアに囲まれヨーロッパの中心にありながら、EU非加盟国で永世中立国だ。国際人道発祥の地として世界貿易機構、国際オリンピック委員会、国際サッカー連盟など、国際機関やスポーツ関連団体の本部が置かれ、国際社会でも独自の存在感を発揮している。芸術の世界でも戦争リスクを避けるため多くの作品が集められた。勤勉な国民性や、急峻な山が多いため国土の一部でしか農業ができず、しかも天然資源に恵まれず、地震は少ないものの、日本との多くの共通点が指摘される。ペリー来航からアメリカ、オランダ、ロシア、イギリス、フランスなどに遅れ、日本との間に修好通商条約が締結される。国交樹立150年の節目に当たり企画されたスイスが誇る美の殿堂、チューリヒ美術館展─圧巻！　すべてが代表作─を鑑賞した。スイス人のパウル・クレーや、印象派、シュルレアリスムの傑作ぞろいだ。アンリ・ルソー「X氏の肖像（ピエール・ロティ）」に釘付けとなる。スイスはアルプスの風景の美しさや、綺麗な水を必要とする時計メーカーなど日本でも人気の国だ。「アルプスの少女ハイジ」の総合演出は、後にスタジオジブリで活躍する高畑勲だ。その最終回。クララはハイジとペーターの助けをかり、ふらつきながらついに歩き始める。グッと来る。

❖ 氷川丸

みなと横浜を代表する合唱団を育成するため、横浜市教育委員会や横浜市小・中学校音楽教育研究会の有志により、昭和40年に創立された横浜少年少女合唱団。横浜市の児童で編成され、山下公園に浮かぶ氷川丸の船内ホールを練習の場として活動する。歌好きな多くの少年・少女がここから巣立っている。その氷川丸はシアトル航路用として、現在の三菱重工業により昭和5年に竣工した貨客船だ。船名は大宮氷川神社に由来する。戦前の日本で建造されたもので現存する唯一の貨客船だ。海外への渡航が船だった時代には、チャーリー・チャップリンなど多くの著名人が乗船している。戦争中は在日外国人の帰国と海外残留邦人の引き揚げに関わり、また海軍特設病院船になるなど数奇な運命を辿る。昭和35年の引退後は、山下公園前に係留保存された。平成20年に日本郵船氷川丸としてリニューアルオープンし、平和の時代の山下公園のシンボルとなっている。そんな氷川丸での練習の成果とばかりに、息子も参加する横浜少年少女合唱団の横浜開港記念式典コンサートを、みなとみらいのシンボル横浜みなとみらい大ホールで鑑賞した。第2代館長の池辺晋一郎も駆け付けた。澄んだ子どもたちの歌声に心が洗われる。

❖野球小僧

♪　野球小僧に逢ったかい……。ちょっと古いか。灰田勝彦がジンクスを覆して売れたヒット曲「野球小僧」だ。その後多くの歌手がカバーしいてる。桜が満開の明治神宮外苑野球場で行われた野球大会で我が税理士会チームが優勝した。チームとしてなんと40年ぶりに48チームの頂点に立ち、念願を果たしたのだ。決勝戦はサヨナラ勝ちのおまけ付きだった。感動も一入だ。その記念にと、後援会のサポートもありメンバーでハワイ旅行のご褒美付き。プロではあるまいにとは思うが、それほどの感動だったのだ。オアフ島では上空4千メートルからのスカイダイビングを楽しんだ。雲ははるか下方に漂う、一世一代の大勝負とは言い過ぎだが、飛び降りる瞬間の体験は忘れられない。こんな勇気があれば、なんだって出来るのではないかと錯覚するほどだ。経験者であればこの醍醐味は伝わろう。また湿気のないハワイの快適なゴルフも楽しんだ。ハワイ島で観たキラウェア火山の噴火口と、溶岩が海に流れ込んで固まりつつあるさまは、地球は生きているのだと実感する迫力のある光景だった。溶岩がいまだ赤くなっているところまでは観光できなかったが感動する場所だ。また優勝してハワイを訪れたい。幾つになっても野球小僧だ。……朗らかな朗らかな野球小僧　♪

❖ ゆふいん

湧出量全国2位を誇る大分県別府の奥座敷ゆふいん温泉。湯布院か、それとも由布院か。地名にまつわるよくある話だ。昭和30年に由布院町と湯平村の合併で湯布院町へ、平成17年に湯布院町と庄内町と挾間町が合併し由布市へ、そのため由布市湯布院町となる。ＪＲ駅は由布院、由布岳、大分自動車道のインターチェンジは湯布院。かなり複雑だ。最近ではゆふいんで統一がみられるという。そのゆふいんにある金鱗湖は、地底から温泉と清水が湧き出ている不思議な湖で、そのほとりにひっそりと佇む「天祖神社」の鳥居が湖の中にあり神秘さを増す。日本三百名山のひとつで、活火山の鶴見岳から望む３６０度の大パノラマは感動する景色だ。ゆふいんの温泉は単純温泉で刺激が少なく、お湯に癖がないことから万人向きとあり、疲労も回復し、心身共にリラックスした。東の軽井沢、西の湯布院。納得の「おんせん県」だ。昔「たく」という木が自生していて、これから作る木綿のことを柚《ゆ》富《ふ》と呼んでいたことが由布の由来だという。

補記　令和元年に湯布院温泉郷に統一されている。

❖ 666

ダン・ブラウンの『ダ・ヴィンチ・コード』で、ルーブル美術館のエントランスのピラミッドのガラスの数は、獣の数字である666枚だという。入館後には、そのピラミッドの下側に、同様にガラスでできた逆ピラミッドが現れ、開放的で自然な光が差し込む。神秘的な空間だったことを思い出す。ルーブル美術館展を鑑賞した。80点ほどの作品のうち、生涯で35点ほどしかないとされているオランダ人画家フェルメールの一枚「天文学者」が初来日した。17世紀後半のヨーロッパでは、歴史画、肖像画、風景画、静物画、風俗画の順に価値があるとされていた。まだ評価の低かったフェルメールはその大半が室内での生活を描いた風俗画で、制作枚数の希少性から贋作、盗難が絶えない。現在ではそれゆえの人気者なのか。何れにしてもフェルメールの描く作品は、窓から差し込む光の使い方や、フェルメールブルーと言われる色遣いなどが見るものを魅了する。『ダ・ヴィンチ・コード』の真偽については論争があるものの、推理小説として読み応えがあるのは事実だ。ピラミッドのガラスの枚数は実際には673枚。都市伝説として楽しむのだ。ちなみに666は足すと18。日本のお金、コインの1円から500円を足すと——。お札の千円札から1万円札を足すと（見かけない2千円札も入れて）——。信じるか信じないかはあなた次第。

❖クマ

しんと静まり返る初秋、坐禅の最中にクマがでた。気づいてしまうのはまだまだ修行がたりない証拠か。月に1回、土曜日の朝に坐禅をしている仲間と、北軽井沢にある臨済宗妙心寺派龍源寺の日月庵を訪れた際の出来事だ。仏門の修行僧を雲水というが、彼らと違い我々凡人には場所が変われば気持ちも違ってこようというもの。都会と違い人里離れた場所で行う坐禅は格別のものだ。坐禅は瞑想とは違うものだが、私の感覚では瞑想に近い。精神統一して全ての五感を解き放ち、1分間に一呼吸ほど、うっすら目をあけて雑念を消すのだ。無理だ。これは見性を得た立派な住職たちとて同じこと。ただ雑念が出たらその意識をぶった切る訓練をするのだ。これを二念を継がないというが、これをひたすら繰り返し行うのだ。頭がスッキリすること請け合いだ。ちなみに禅宗の臨済宗は壁を背に、曹洞宗は壁に向かって座る違いがある。座禅ではなく坐禅だ。修行はなにも坐禅をするだけではなく、広い坐禅堂の周りの枯れ葉拾いなどの労働もする。これも作務という立派な修行だ。そして最後に皆で龍源寺第17世松原哲明和尚を囲み、美味しい酒をいただく。これも修行だ。和尚が『大海の一針』でいう。「命とは、大海に沈む一本の針を拾い上げたようなもの。どう生かすべきなのか、どう生きたらよいのか。尊く貴重で不思議な命を」。身に染みる。

❖思い込み

向き不向きがある何事にも。身も蓋もないが。血液型がどのスポーツに向くかを武田知弘が調べ、歴史に名を残していく観点から統計を取っている。単独スポーツであるゴルフ。尾崎3兄弟、青木功、丸山茂樹、松山英樹……B型。チームプレーであるサッカー。三浦知良、香川真司、大久保嘉人……A型。長谷部誠、中村俊輔、長友佑都、中田英寿……O型。B型はほぼいないと言う。チームプレーである野球。ポジション別に統計があり、歴代ホームランランキングは、王貞治、落合博満、松井秀喜……O型。野村克也、山本浩二、清原和博、張本勲……B型。面白い統計だ。ではテニスはどうか。残念ながら記載がなかったが、プロはシングルスのイメージだが、庶民はダブルス。ならばチームプレーだ。私はO型。向いているのか。社会人になってから始めたテニス。気の置けないテニス仲間たちと箱根や軽井沢に、合宿と称して1泊で酒を飲みに行く。例年の行事に油断をしたのか、思い込みが激しいのか、宿舎は例年同じ所を使用しているため油断してしまった。軽井沢に行くところを、勘違いして箱根に向かってしまったのだ。9時の集合なのに合流できたのは既にお昼を過ぎていた。私はテニスには向いていないのか。皆の酒の肴の笑い話だ。ちなみにお笑いのボケはB型が多いという。本当のボケをした私はO型だ。あくまで統計だ。当てはまらないケースもある。

❖ライン下り

木曽川、長良川、揖斐川は伊勢湾に流れ込む、中部地方を代表する木曽三川だ。それぞれが沿うように流れているのだが、長野県、滋賀県、三重県、愛知県、岐阜県の山々から一極に水が集中するため、太古より水害が絶えず、その都度、川の形を変えてきた。伊勢湾から見て左側は揖斐川で一番水位が低く、真ん中は長良川で揖斐川より水位が高く、そして右側の木曽川の水位が一番高い。江戸時代には薩摩義士の活躍により治水工事が行われたが困難を極めたという。東海道でも唯一の海路とされる場所だ。明治になり25年にも及ぶ大改修工事が行われ、現在の基礎が出来上がっていく。昭和34年の伊勢湾台風時には多くの死者を出した。木曽川は古くは吉蘇川、岐蘇川と言われていた。そんな暴れ川の岐阜県の美濃加茂市から愛知県犬山市にかけて、日本ライン下りがある。流れる風景がヨーロッパ中部を流れるライン川に似ていることから命名されている。時には水を浴びながらの13キロほどの遊船だ。大正13年に本格的に始まったとされ、老若男女を問わず多くの観光客を魅了する。犬山では木曽川鵜飼も楽しみの一つだ。治水は進んでいるが想定外の、１００年に1度の、水害には未だに無抵抗のままだ。自然の恵みとは表裏一体であり、水とは上手く付き合うしかない。龍神さまに願いをこめて。

❖ 夜桜

さだまさしの「風に立つライオン」のなかで、主人公が日本を懐かしむシーンに千鳥ヶ淵の夜桜が登場する。明治14年、英国大使館前にアーネスト・サトウが、サクラを手植えしたことに端を発する千鳥ヶ淵の桜。昭和25年にボート場が開業し、昭和29年に千代田区さくらまつりの開催にあわせて夜桜のライトアップが始まる。平成21年にライトが太陽光発電によるLED照明にかわり90％の省エネに成功しているという。100万人が訪れるという約260本ものサクラの名所だ。昭和54年に市電の軌道跡に千鳥ヶ淵緑道も整備され、その700メートルの遊歩道は、さながらサクラの行列だ。染井吉野の生育のピークは植栽後30年から40年。日本各地でサクラを守ろうとするボランティアが活躍しているが、この活動なしではこの光景も続かないであろう。それにしても多くの心を掴んで離さないサクラの魅力が凄い。ケニアで活躍した長崎の医師、柴田紘一郎をモデルにした「風に立つライオン」は映画化もされ、それを機に公益財団法人風に立つライオン基金が設立されている。こちらもボランティアや寄付で成り立つ、災害に苦しむ人を支援する小さなライオン達の志の集合体だ。

❖アソ

火の国、水の国、熊本。諸説あるが阿蘇山の由来となったアソとは、アイヌ語の火を吐く山からきている。浅間山もアソヤマだ。この阿蘇山は日本有数の活火山で約27万年前から9万年前までに起こったASO1、ASO2、ASO3、ASO4と呼ばれる4回の巨大噴火によるものだ。現在は陥没してカルデラ地形になっているが、噴火前は富士山より高い山だったのではないかとの見立てがある。夢のような話だが地質調査では、そうした事実関係はないようだ。ASO3とASO4の間には水を通しにくい粘土層があり、その隙間から阿蘇の天然水の恵みがやってくる。熊本市の水道水は100%が地下水だという。その大地に日本三名城のひとつといわれる熊本城がある。加藤清正により7年の歳月をかけて築城され、細川の殿様の印象が強いが、徳川が薩摩に睨みを効かせる天下の名城だ。そして明治の世になった西南戦争でその威力を発揮する。西郷隆盛が言ったという「おいどんは官軍に負けたとじゃなか。清正公に負けたとでごわす」。それに対して「アソ」と言ったとか言わないとか。火と水の国、熊本。そんな歴史のロマンを熊本城で味わった。

補記　平成28年の熊本地震の前のコラムです。

❖野牛

群集の長を意味するガネーシャ。障害や災厄を除去する神、智慧と学問の神、商売繁盛の神とされるヒンズー教の神だ。ずっと空がガスっている。野牛がやたらと多く、そしていったいこの人たちはこの場所で何をしているのか。経済発展が目覚ましいBRICsの一角、インドだ。人口12億人。日本の10倍の人口を抱え物価は日本の10分の1ほど。デリー近郊で世界遺産であるムガール帝国時代の要塞であるアーグラ城や、世界遺産であるインド最初のイスラム王朝のモスクであるクトゥブ・ミナールなどを訪れた。ムガール帝国の第5代皇帝シャー・ジャハーンが愛妻のために作ったタージ・マハルは、総大理石の墓廟で気持ちいいほどのシンメトリー、刻まれたレリーフは見事だったが、遺産を一歩出たその周りは廃墟のごとく、そのギャップがものすごいのだ。仏教を生んだインド、現在は仏教徒が人口の1000分の1ほどで、遠い日本で脈々と受け継がれているのは不思議なことだ。社会インフラもこれから、まだまだ混沌としているとの表現が適当だろうか。ガネーシャの鼻には向きがある。一般的には左曲がり。女性的な面を表し、お金・名声・幸運・幸福な家庭など神、右曲がりは、男性的な面を表し、厳格・誠実・高潔・節制・道徳を司る神、購入時には注意が必要だ。インドはとにかく人が多く街が臭い。そんな印象だった。お腹も壊した。どうやらガネーシャは腹痛には効かないらしい。

❖ 走ること

無性に走りたくなるときがある。小さい頃から走ることは苦ではなかった。むしろ走ることは好きな方だったかもしれない。決して突出するほど速いわけではないが、高校時代には陸上部で長距離ランナーだった。社会人になっても時々、無性に走りたくなるのはそのせいかもしれない。今は健康のためではなくダイエットのためだ。シューズさえあれば時間や場所を選ばず楽しむことができる手軽さから、走り始める人が増えているという。マラソン大会を目標にしている人も多いだろう。膝に水が溜る経験もしたので皆さんもほどほどがいいと思う。痛めてしまっては元も子もないから。税理士仲間に誘われ駅伝大会に参加した。大会の2か月前の突然の誘いだったため、急ピッチで仕上げることとなり、しかも練習する時間がとれないため、毎朝4時30分からのランとなってしまった。星空の中でのトレーニングは格別だったが、毎日が睡魔との闘いとなってしまった。大会そのものよりも練習時間にいい体験をした。色々なことを考えながら走るのだが、星空の中の暗がりのランは集中力が増すようで、仕事の解決策や、ふとしたひらめきを多く得たからだ。大会は立川の国営昭和記念公園を走るコースで4人1組。担当は5キロ。走ることは孤独だが、駅伝は唯一連帯感が味わえる。リーダーのミスで記録なしのオチがついたが、走ったあとの爽快感と達成感はランナーを魅了する醍醐味だ。

❖あをによし

せんとくん。言わずと知れた奈良県のマスコットキャラクターだ。県の職員でもある。平成22年に開催された平城遷都1300年の記念事業で産声をあげ、奈良の守り神として活躍中だ。奈良では昔、日本画で使われる緑色の岩絵の具の岩緑青が採掘されていた。青みがかった土だ。実際には青ではなく信号機と同じで、緑に近い青丹、孔雀の羽の色だ。そこから奈良の枕言葉は「青丹によし」。そんな「あをによし」の法隆寺を訪れた。世界最古の木造建築とされる金堂や五重塔がある聖徳宗の総本山で、奈良県生駒郡斑鳩町にあるため、別名、斑鳩寺とも呼ばれ聖徳太子ゆかりの寺院である。推古15年（607）に推古天皇と聖徳太子よる建立とされ、日本で最初に世界文化遺産に指定されている。この地がその昔、日本の中心であったことを思うと感慨深いものがある。あをによしが放つ悠久の時の流れだ。青丹は奈良の中央構造線近くにあった三盛鉱山で採掘されていた。現在は廃坑となっているが欠片がまだ落ちており訪れる人も多いという。せんとくんは、温故知新を地で行き、好奇心旺盛で、伸び盛りの元気いっぱいのやんちゃな男の子という設定だ。「ひのもとの」「しきしまの」と言われる大和の地でよく働く。「柿食へば　鐘が鳴るなり　法隆寺」とつぶやきながら柿うどんをすすった。

❖伯仲

お兄ちゃんは陸軍大将、弟は海軍中将。中国では兄弟を、「伯」が長兄、「仲」が次兄、「叔」が三男で、「季」が末弟で、順序を顕す。力量が接近していて優劣の付けがたいときに使用する「実力伯仲」はここからきている。そんな言葉を連想させる秋山兄弟。兄の好古《よしふる》は日本の騎兵の父と呼ばれ、日露戦争でロシアのコサック騎兵相手に勝利に貢献。弟の真之《さねゆき》は、正岡子規とともに文学を学んだ後に軍人の道を進み、日露戦争で連合艦隊参謀となりロシアのバルチック艦隊を相手に勝利に貢献。「本日天気晴朗なれども浪高し」（真之）は有名だ。なんとも凄い兄弟だが、司馬遼太郎の『坂の上の雲』に詳しいのでそちら譲るとして、兄弟たちの生誕地、四国屈指の観光地である松山を訪れた。3人にまつわる博物館「坂の上の雲ミュージアム」や、シンボル松山城の美しい夜景や天守閣のライトアップに目を奪われた。日本三古湯の一つである道後温泉にも浸かった。ここは夏目漱石の坊っちゃんの舞台でもある。坊ちゃん列車も楽しんだ。「成敗は天に在りといえども、人事を尽くさずして、天、天と言うなかれ」（真之）。身に染みる。このお兄ちゃんと弟は「実力伯仲」だ。

❖ボンボン

江戸時代中期、8代将軍徳川吉宗の世になり、法橋尾形光琳が逝く。江戸時代最大の芸術家だ。そしてその年に生を受けた2人の天才絵師もまたスゴイ。水墨画に筋目描きの技法を取り入れるなど花鳥画家である伊藤若冲と、人物画や花鳥画など幅も広く俳画という新しい分野を切り拓いた与謝蕪村だ。どちらも現在に至って人気の画家だ。この2人、晩年は互いに京都四条烏丸近辺に住んでいたというのに、その繋がりを確定づける資料は見つかっていないという。国宝1点、重要文化財7点を含む生誕300年―同い年天才絵師―若冲と蕪村展を鑑賞した。年代別に整理し、人物、山水、花鳥などの共通するモチーフの対比は見応えがある。蕪村の「富嶽列松図」、若冲の「象と鯨図屏風」は素晴らしく、特に若冲の「白象群獣図」は、画面を墨の線で方眼用紙のように分割して、その升目のひとつひとつに色をつけて絵柄にする升目書きという技法で描かれている作品だ。現存する升目書きは3点しかなく貴重な体験だ。徳川中興の祖で暴れん坊将軍吉宗は、庶民の味方のイメージがあるが、質素倹約や享保の改革の時代でもある。それなのに裕福な家のボンボンである若冲が活躍するという巡り合わせは面白い。

❖まつち

　岳都、楽都、学都と聞いて、ピンと来る方はいるだろうか。長野県のほぼ中央に位置する松本だ。日本アルプスを擁し、日本を代表する山岳景勝地の上高地があり岳都、サイトウ・キネン・フェスティバル松本が開催されるなど音楽に力を入れる楽都、そして古くから学問を尊び学生を大事にし、進取で議論好きの市民気質から学都、この3つの言葉がぴったり当てはまるのだという。松本の名前の由来は、松の木が多く、真土《まつち》と呼ばれる赤土で、まつち、まつちのもの、まつもと、となったらしい。諸説ある。その松本のシンボルで漆黒の城である国宝松本城は、戦国時代に造られた深志城が始まりとされ、現存する五重六階の天守の中で日本最古で、アルプスの山々をバックに控えるお城の絶景を訪れた。明治の世になり、主がいなくなった城を住民たちが守ってきたという。世界の小澤征爾が師事した齋藤秀雄の没後10年の時に行ったメモリアルコンサートから始まるサイトウ・キネン・フェスティバル松本は、世界的なクラシック音楽フェスティバルとされる。日本では少し知名度が低いような気がするのは残念だが、現在はセイジ・オザワ松本フェスティバルと名称変更され、世界の人々を惹きつけている楽都だ。アルプスの水も美味しい松本。立ち寄った榑木野そばは美味だった。

❖白銀

ひるがの高原、位山、舟山、朴の木平、ひだ流葉、御嶽、乗鞍高原、鈴蘭高原……。スキー場の名前だ。子どものころに隣に住む母方の伯父や、近所に住む母方の叔父がよく連れて行ってくれた。懐かしい思い出だ。スキー場名が変わってしまったり、閉鎖してしまったところもあるかも知れない。東京に来てからもスキーは続け、ときは私をスキーに連れてってブームで、多くの若者が殺到していた。学生時代はもっぱらバスツアーで、大きくて有名なスキー場が多い長野県や新潟県までよく足を運んだものだ。車で出かけるようになってからは自由度が増したが、朝には駐車場が既に満車ということを多く経験し、夜中に出て車中泊をよくしたものだ。若さ故か。スキー場あるあるだ。頷いてくれる方もいるのでは。栂池高原、八方尾根、菅平高原、野沢温泉、かぐらみつまた、安比、猪苗代、蔵王……枚挙に暇が無いが、スノーボードがはやり始める頃には引退してしまった。久しぶりに斑尾高原スキー場に家族で出かけた。唱歌故郷「兎追いし　かの山　小鮒釣りし　かの川」の原風景で、東京五輪の昭和39年に斑尾山麓開発が始まり、昭和47年にオープンしたパウダースノーが楽しめるスキー場だ。天候には恵まれなかったが、昔取った杵柄、身体は覚えているもので、白銀の世界もたまにはいい。

❖ドン・ファン

道元の正法眼蔵を学び、その禅の教えがベースになっているという。青年時代は才能溢れる書家で、「鄭文公碑　臨書」が全国コンクールで1位になるほどの腕前だ。「にんげんだもの」「おかげさん」など分かりやすい言葉で、多くの現代人に影響を与える相田みつをの作品は、書のような、詩のような、格言のような不思議な世界観だ。何の説明も要しない作品に触れると、ストレートに心に響いてくる。しみじみとくる。相田みつを美術館を鑑賞した。両親の不和や、母親のエゴ、母親と妻の確執などがあったという。単純な言葉たちは、長く書き綴られた日記のような文章群の凝縮で、こうありたい、こうあるべきだとの、みつをの苦悩が見てとれる。子供が書いたような独自の書体は、一文字ひと文字に味わいがある。書道家としての矜持だろう。バランスと余白は全て緻密に計算されているという。私の事務所には「そんかとくか　人間のものさし　うそかまことか　佛さまのものさし」。「しあわせはいつもじぶんのこころがきめる」。自宅には「あたまじゃわかっているんだが」が飾られている。みつをの雅号は貧不安《ドン・ファン》。シャレも効く。残された言葉たちに心が温まる。

❖順番待ち

定員は116名の狭き門。取り消されることはないため、死去による欠員がでると枠が空くという。年間2百万円の特別助成金があり、その予算上の問題も絡む。昭和25年に文化財保護法が制定され、重要無形文化財の指定を受けた分野に対して、文化審議会により選定される重要無形文化財保持者、いわゆる「人間国宝」だ。東京、京都についで多いのが石川県で、金沢箔、加賀友禅、九谷焼、輪島塗など「工芸王国」と呼ばれる。加賀藩主前田家が取り組んだ文化奨励策で、幕府の警戒を解くために行った文化振興により、武具を修復する御細工所が工芸のルーツとされる。その輪島にある曹洞宗大本山總持寺祖院は、元応3年（1321）に瑩山紹瑾禅師によって開創されている。明治31年に災禍によって七堂伽藍の大部分を焼失した際に、布教伝道の中心を横浜市鶴見に移すが、この地には伝燈院、慈雲閣、経蔵、七堂伽藍が再建され、曹洞宗大本山の一大聖地とされる。平成19年の能登半島地震により、多くの伽藍が被災するも14年の歳月を経て、復興をとげている。荘厳な静けさの中にある總持寺祖院山門は、登録有形文化財にも指定されている。「人間国宝」は「人」ではなく「わざ」に認定されるため、承継や維持を目的として、後進に引き継ぐ義務が課されているという。

補記　令和6年の能登半島地震前のコラムです。

❖ムラユ

親日派のマハティール前首相のもと、ルックイースト政策「日本に学ぶ」により、東南アジアの中でも先進国並みにインフラ整備が進んでいるマレーシア。現在は、首都が一大リゾート地のようなプトラジャヤに移転が進んでいるという。多民族国家ではあるものの、政治は安定しており、国民は穏やかで人懐っこい性格だ。観光地としても心地よく、それらが相まって国の豊かさを裏付けているような気がする。それゆえ日本人の中には、終の棲家としてマレーシアを選ぶ人が増えているという。熱帯雨林気候で雨季と乾季に分かれているものの、一年中、常夏という季節感に惹かれるからだろうか。国名は、サンスクリット語で山脈のある土地を意味するマラヤドヴィパを語源とするムラユの国が由来だ。そんなムラユの国を訪れた。クアラルンプールのシンボル、ペトロナスツインタワーの夜景は圧巻で、台北101タワーができるまでは高さ世界一を誇っており、映画「エントラップメント」の舞台ともなった。マラッカはポルトガル、オランダ、英国などのさまざまな国の領土だったことを物語る世界遺産の地だ。日本人におなじみのザビエルもいたという。日本では考えにくいが、この国のバス停には時刻表はない。いい加減と言うわけではなく国民性だという。ルックイーストもほどほどがいいと言うことだろう。

❖大パノラマ

姫路、彦根、松本、松江、犬山。城好きならずとも、ピンとくるでろう国宝の5城だ。かつて日本には約170城ほどの天守があったが、明治政府の廃城令で60城ほどになり、その後も減少を続けて、第二次大戦により12城となってしまった。残りの7城は重要文化財の弘前、丸岡、備中松山、松山、宇和島、高知、丸亀となっている。天守閣は俗称で正しくは天守だ。国宝犬山城は、荻生徂徠が李白の漢詩「早発白帝城」から取ったとされる別名、白帝城とも呼ばれる。天文6年（1537）に、織田信長の叔父にあたる織田信康が築城したと言われ、元和3年（1617）からは、尾張藩の重臣の成瀬正成が城主になって以降、成瀬家が城を守っていく。明治期からは愛知県の所有になるも、明治24年の濃尾大地震で天守が半壊し、修理を条件に成瀬家に無償で返還されている。全国唯一、個人所有の城だったが、平成16に財団法人犬山城白帝文庫に移された。最上階の4階は廻縁となっており360度の大パノラマだ。晴れていれば御嶽山や岐阜城、小牧城、名古屋城が見渡せる。眼下の木曽川や濃尾平野の絶景は見応え十分だ。ほぼ建造当時のままで急な階段や、ギシギシと音がする床板は歴史のロマンを感じる。江戸時代以前に建造された現存12天守。守り続けていくことは現代人の使命であろう。姫路城は平成5年に世界文化遺産に登録されている。次は……。

❖ 利益

商売にとって大切な利益《りえき》は漢音で読む。一方、神仏を信ずることによって授かる恵み利益《りやく》は呉音で読む。これは仏教伝来の時期に絡むためだ。いずれにしてもリエキもリヤクも有り難いもの。多くの人がお世話になっているだろう天神さんは、全国1万2千社ある天満宮だ。三大天神のひとつとされ菅原道真が眠る太宰府天満宮を訪れた。道真は宇多天皇に重用され右大臣にまで上り詰めるも、左大臣の藤原時平の罠にはめられて、左遷された太宰府で亡くなるのだ。一方、道真の怨念を鎮めるためにあるのは北野天満宮だ。幼い頃から才覚を発揮したと言われ、文章博士の称号も得たことから学問の神様として後世に生きる。亡くなった道真を運んでいた牛車が動かなくなった場所というエピソードから、太宰府天満宮が埋葬地とされている。左遷時に詠んだ「東風《こち》吹かば　匂ひおこせよ　梅の花あるじなしとて　春な忘れそ」（拾遺和歌集）。なんとも切ない。道真の歌に呼応して都から太宰府へ一夜のうちに飛んできたと伝わるのが御神木の飛梅だ。丑年生まれであった道真。頭を撫でると知恵を授かるという牛はしっかり撫でた。ご利益は如何に。

❖夏休み

音にまつわる用語の減り張り。減りはゆるむで、音を低めや弱めに発し、張りは高め強めに発することをいう。メリハリだ。張りは弦楽器に使われ、尺八などの管楽器は甲《か》るとなる。カリ音とも呼ばれこちらはメルカリだ。ラテン語のマーケットから来ているフリマアプリのメルカリではない。明治14年に文部省が夏季休業日を定めたことに始まる夏休み。子どもや学生にとっては、待ち遠しく楽しいもので、誰もが経験してきたことだ。宿題さえなければだが。先生たちも授業がなく同様に休みだろうが、部活動などがあれば休んでいられないのも事実で、大変な職業だと思う。欧米並みの休暇ができないものだろうかと思うが、日本人気質には休みが多くなるのも一長一短なのかもしれない。しかしオンとオフの切り替えがうまく出来ないとストレスを溜めてしまい、陸《ろく》なことにはならない。やはり大人にとってもメリハリは大切なことだ。そんな短い休暇のメリに田園都市線で三越前駅へ、銀座線で上野駅へ、常磐線で友部駅へ、水戸線で小山駅へ、両毛線で高崎駅へ、八高線で高麗川駅へ、さらに八高線を乗り換え八王子駅へ、そして横浜線で長津田駅へと関東一周の旅に出かけた。もちろん先頭車両に乗り、ときにエアートレインをしながら。夏休みの宿題だ。私のではない。息子のだ。

❖ガッチャマン

70年代に男の子の心を鷲掴みにした科学忍者隊ガッチャマン、機動戦士ガンダム、タイムボカンなどのアニメは、2次元マニアならずとも、夢中になったご記憶の方も多いだろう。その頃はアニメではなくマンガと言っていたが。これらのキャラクターを手がけたメカニックデザイナーの大河原邦男の展覧会を鑑賞した。多くのデッサンの展示の中に、キャラクターの一つひとつのパーツ決めなど、アニメ番組制作者とのやり取りのコメントなどが書き込まれており、完成までの制作過程を垣間見ることが出来る。その後も数多くのキャラクターを生み出し続けている。件の作品群もシリーズ化され次々とヒットするのだが、どれも同じ様に見えてしまうのはオジさん化、故だろうか。大河原はデザイナー活動40周年に文化庁メディア芸術祭功労賞を受賞する。「アイデアは尽きることがない」と言うから恐れ入る。科学忍者隊のリーダー・ガッチャマンの鳥の形をしたブーメランに夢中になったものだ。ときどきカラオケで「ガッチャマンの歌」を熱唱する同年代の方を見かける。♪　誰だ誰だ誰だ　空のかなたに踊る影　白い翼のガッチャマン……。小林亜星作曲、そして子門真人の声の心地いい滑舌。一緒に歌いたくなる。

❖難関

下関の「関」と、対岸の門司の「門」で関門海峡。古より船乗りにとって難所の一つだ。その門司側にある門司港駅は、出来た当時は22駅ある一等駅の一つで、港に直結し繁栄を誇る門司駅だった。関門トンネルが出来て九州鉄道が開通すると大里駅が門司駅となり、また国道や高速道路の開通にあわせて利用客の少ない駅となっていく。それゆえレトロ感たっぷりでここは何処だと思うほど異国情緒にあふれ、明治や大正にタイムスリップする。夜には和洋が混在する建物たちがライトアップされ、その街並に心を奪われる。現役の駅舎で重要文化財に指定されているのは、この門司港駅と東京駅の丸の内駅舎の2つだ。足を延ばして訪れて見たくなる駅だろう。少し離れた小倉駅では、目撃できたら幸運が訪れるという幸せの黄色い新幹線ドクターイエローにも遭遇した。北九州市と姉妹都市の米国バージニア州ノーフォーク市にちなんで名づけられたノーフォーク広場や和布刈公園のある半島あたりは、関門海峡が最も幅が狭いところで、早鞆瀬戸水路は650メートルほどしかない。日本で最も潮流が速い海域の一つとされ、曲がりくねり行会い船も見えにくい。航海者たちは、潮流信号所が発する電光表示盤や潮流観測灯浮標をたよりに、この狭き門、難関に挑むのだ。

補記　J0編成の時代を迎え、ドクターイエローは惜しまれつつ引退することが決まった。

❖ 佐倉にゆけ

西の長崎、東の佐倉。江戸時代末期に蘭学が盛んであった土地を指す。司馬遼太郎の『胡蝶の夢』に「蘭方医学を学ぶなら佐倉にゆけ。」とある。順天堂大学の創設者の佐藤泰然もここに学ぶ。佐倉順天堂の発祥だ。佐倉は大多喜と共に千葉県の城下町として知られる。その佐倉城は鹿島山にあるため、鹿島城とも呼ばれていたが、現在その姿はなく城址公園として整備されている。チーバくんの目のちょっと下あたりだ。その一角に国立歴史民族博物館、通称「歴博」が、昭和58年に開館し、先史、古代、中世、近世、民族、近代、現代と歴史を網羅した展示をしており、膨大な史料が収集されている。大久保利通とその時代展を鑑賞した。大久保は維新の三傑であり、国の近代化こそが日本の生き残る道との信念から、版籍奉還、廃藩置県などを推し進め、明治以降の日本の礎を作ったと言っても過言ではないだろう。その功績とは裏腹に、数多く残された書簡からはその苦悩が窺い知れる。明治11年に47歳、清水谷（現紀尾井町）で非業の死を遂げるも、孫娘が吉田茂に嫁ぐなど、その死後も近代日本に影響を与え続けている。歴博では資源、研究、展示の循環のもとに歴史が切り拓く未来を理念に掲げる。現在は歴史となって未来に続いていくのだ。「歴史を学ぶなら佐倉にゆけ」。

❖ハイ！

夏は鹿児島市街の薩摩半島側に、冬は大隅半島側に向くことが多いという。衣服にうっすらと積もる「灰」。住民にとっては災害のリスクでもあるが、恵みでもあり共生しているのだ。鹿児島のシンボルである桜島は、2万6千年前に誕生し、過去に17回の大噴火が記録され、現在もなお噴火活動は続いている。「翔ぶ」と書いて「とぶ」とは読まないが、司馬遼太郎の『翔ぶが如く』を夢中で読んだ諸氏も多かろう。明治の立役者を多く輩出する薩摩だが、最後に袂を分かつ西郷隆盛と大久保利通を描く。その西南戦争の最後の激戦地の城山は鹿児島城跡で、錦江湾や桜島を一望できる夜景が美しいところだ。当時を偲ばせる西郷の洞窟もあり、現在は公園として整備され、昭和6年に国の天然記念物及び史跡に指定されている。城下は勤皇の志士たちの生誕地や銅像などが点在する観光スポットだ。幕末ファンにはたまらない場所だろう。大正の噴火で溶岩が流れ、桜島は大隅半島と陸続きになったという。幕末当時には桜島へは船を利用しているはずだ。万延元年にも噴火したというから、薩摩の武士たちもこの「灰」を被ったともの と思われる。「灰」は缶詰として売られている。その名も「ハイ！　どうぞ」。

❖ 天文ショー

多摩川と境川に挟まれた多摩丘陵。川崎市多摩区の枡形、東生田、長尾を中心とした場所に、昭和16年に都市計画緑地として誕生した生田緑地がある。丘陵地の地形と里山の自然を活かした公園で、面積約180万平米という広大な緑地で、近隣の人々の憩いの場だが遠方から訪れる人も多い。ゴルフ場、岡本太郎記念館、藤子・F・不二雄ミュージアム、伝統工芸館日本民家園、生田緑地ばら苑など、子どもから大人まで四季折々の自然を楽しめるスポットだ。かわさき宇《そら》と緑の科学館が再オープンしたので訪れた。最新のプラネタリウムは三次元の風景が融合されて、1000万個の星々が再現されおり見応え十分だ。約11年周期で同時に反転する太陽の北極と南極の磁場は、次回は平成25年ごろと予想され、現在は北極の磁場だけが反転しつつあるという。そのまま推移すると、二重極構造から四重極構造になり、地球の温暖化が抑制される可能性もあると言う。近日中には金環日食が見られる。肉眼では変化を確認するこが出来ず、直視し続けると網膜症にもなってしまうため、専用の日食グラスが売れているという。神秘の天文ショーに触れてみるのもいい。明かりの少ない生田緑地あたりはもってこいだ。

❖ 熊五郎

太郎、次郎、三郎。三兄弟ではない。それぞれの川の異名だ。坂東太郎は利根川、筑紫次郎は筑後川、四国三郎は吉野川だ。江戸期に本州・九州・四国を代表する流域面積の大きい川として呼称されたという。その四国三郎は徳島と高知を中央構造線に沿って流れる。その阿波は阿波踊りも阿波尾鶏も全国区だが、現地で食べた阿波尾鶏はひと味違うと感じる美味しさだった。吉野川越しに見るシンボルの眉山《びざん》は絶景だ。標高の低い山だが、徳島市街のどの方角からも「眉」のような姿に見えるために名付けられたという。万葉集にも詠まれているほど古くからある名称だ。この吉野川は紀伊水道に流れ込むのだが、本州側の紀伊半島にも吉野川（正式名は紀の川）がある。奈良と和歌山にまたがり、上流の奈良は吉野川とされ、下流の和歌山は紀の川。こちらの吉野川も中央構造線に沿っており、やはり紀伊水道に流れ込んでいる。日本地図で見ると2つの川は繋がっているように見える。そして両河川の中間地点にイザナギ・イザナミの二柱が最初に作った島とされるおのころ島（淡路島）があるのだ。歴史のロマンだ。巷では越乃四郎は信濃川、陸奥五郎《ムツゴロウ》は最上川らしい。名付けるのは自由だ。しかし本来の主要な四島の趣旨からすると、北海道に有るべきで、四は欠番とさせていただき、石狩川を「北の熊五郎」にしては如何か。ムツゴロウのシャレには負けるが。

❖マッコリ

韓国と北朝鮮の国境北緯38度線。軍事境界線でもある。休戦協定が結ばれ周囲の非武装地帯（DMZ）は普段は落ち着きをみせている。有事の際は自己責任だろうが観光ツアーが行われている。とはいっても戦争がまだ終結していないことを実感するエリアだ。韓国軍の装甲車が頻繁に行き交っている中、ツアーに参加した。現実問題がそこにあり徴兵制度の国を実感した。南下して済州島へ。韓国のハワイと呼ばれる観光地で、火山活動によりできた神秘的で美しい島だが、4・3事件など複雑な歴史の上に立つ。韓国は日本以上に少子化が進んでおり、その対策に政府も苦慮している様だが、子供にかける教育費もさらに日本以上に高いことから、あきらめて出産を見送るケースが多いのだそうだ。産むなら高学歴でサムスンへと言う事でもあるらしい。近年はゴルフブームらしい。プロの活躍を見ていると納得するが、会員権が高騰し持つことがステータスになっている様だ。ガイドさんの受け売りである。済州島での肌寒い雨の中でのゴルフは辛かった。北緯38度線では緊張は続くが、韓国パワーの源である焼き肉とキムチ、アルコール度数が6度から8度前後のマッコリは美味しかった。

❖ バク

悪夢を食べてくれるという伝説の動物「バク」。雨水が川に集まる大地の広がりを流域というが、その流域がバクの形に似ていることから、バクのキャラクターが使われ「バクの川」の愛称を持つ鶴見川。町田市北部丘陵を源流とし恩田川、早渕川、矢上川などの支流と合流し、横浜市鶴見区生麦で東京湾に注ぐ。マラソンコースとほぼ同じ、全長42・5キロだ。鶴見川の由来は、「ツル」は川の流れが淀む状態で瀞《トロ》と同じ、「ミ」は周り、巡りを表し川が大きく湾曲して水の流れがゆるやかになっているからとの説と、鎌倉時代の史料から源頼朝がこの地で「鶴」を放ったという伝説に由来する説がある。いずれにしてもアゴヒゲアザラシのタマちゃんが遡上した川だ。堤防には歩道やサイクリングコースが整備され、散歩やランナー、サイクリングをする人で賑う。息子が自転車に乗るようになり、自転車で鶴見川を東京湾まで往復した。息子は青のＧＩＯＳ、私は赤のＣＩＮＥＬＬＩで一日がかりとなってしまい、さすがにお尻が痛くなった。鶴見川はかつて暴れ川で、何度も水害に見舞われてきたため、都度整備され最近は大きな水害はない。ひょっとして未然に、「バク」が食べてくれているのかもしれない。

❖ 3月11日

その瞬間、道を歩いていた。電線が大きく揺れているのを見て地震だと気づく。近くの駅に着くも電車が止まっていたため、喫茶店で時間をつぶす。2時間ほど待ったが動き出す気配はない。バスを乗り継ぎ、なんとか自宅に辿り着く。幸いにも停電を免れており、テレビを見てとんでもないことになっていることを知る。3月11日に起きた東日本大震災の衝撃は想像を超え、改めて自然の力に人間は無力であることを感じさせられる。原発による二次災害は天災ではなく人災であることを見ると、複雑な思いになるばかりだ。関東地方などでは、これから暫くは続くと思われる計画停電も、食料品やガソリンも品薄だが、被災地方の方々が大優先であることは言うまでもない。業界では確定申告も佳境の時期で、私は幸いにも全て申告を終了していたので難を逃れたが、多くの仲間は期限後の申告で対応したと聞く。万が一に備え、早めの行動の大切さを改めて痛感した。揺れに合わせ山は真っ白になったという。花粉が飛んだのだ。目に見えるほど大量に。花粉症とは無縁だったがクシャミと鼻水に悩まされている。そんな些細なことはおくとして、放射能が飛ばないことを願うばかりだ。現場ではこの見えない敵との闘いが必死に行われている。闘ってくれている人たちには頭が下がる思いだが、長期戦になることも伝えられている。1日も早い復興を心より祈るばかりだ。

❖八百八島

♪　松島のサーヨー瑞巌寺ほどの……。おなじみ斎太郎節だ。日本三景の一つである松島の、松島湾には大小260ほどの八百八島があり、蓬莱島、仁王島、千貫島などすべてに名前が付けられている。日の出や日没の絶景など自然が作る美しさにこころ惹かれるが、とくに「松島の月」と言われるほどの月の名所で、それ目当てに松島を訪れる人も多い。その松島湾を望むように建つ国宝瑞巌寺。正式名は松島青龍山瑞巌円福禅寺で、平安時代に比叡山延暦寺第3代座主の慈覚大師円仁により、天台宗延福寺として開創された。鎌倉時代になり法心性西を開山として臨済宗妙心寺派の禅寺となっている。初期は円福寺とされていたが、慶長13年（1608）に梵鐘を鋳造した際に、寺名が瑞巌寺に改称されて現在に至る。崖をくり抜いた雲水の生活の場もそのまま残っており、当時の修行の様子も窺える。江戸時代に伊達政宗により完成された大伽藍は、平成の大改修が行われており見ることは出来なかったが、代わりに非公開であった庫裡と大書院が特別公開されていた。斎太郎節の、♪　前は海サーヨー後ろは山で……の瑞巌寺。その荘厳さと優美さに圧倒される。「松島や　ああ松島や　松島や」（芭蕉）。

補記　東日本大震災の前のコラムです。

❖ フェルメールブルー

17世紀にスペインから独立したネーデルランド連邦共和国、オランダはそのまま黄金時代を迎える。オランダ東インド会社に見られるように、鎖国日本でも出島においてポルトガルとの交易後に、唯一交易があったことからもその繁栄が窺える。この時代は絵画界においても栄華の時代を迎え、多くの画家を排出している。フェルメールとレンブラント―17世紀オランダ黄金時代の巨匠たち展を鑑賞した。光の画家フェルメールと、独特な発想、技法と構図で人気を得たレンブラント。フェルメールの「水差しを持つ女」とレンブラントの「ベローナ」は初来日で人気の的だ。フェルメールは43歳で没する生涯の中で、贋作論争もあり、現存する作品が35点とも37点とも言われる。その遠近法があまりにも正確なため、写真との類似性が指摘され、カメラ・オブスキュラを使用していたとの推測もある。遠近法や光の表現を追求し、時代の最先端をいく光学機器に関心を持っていたのだ。フェルメールと同じデルフト出身で同い年の2人の存在がその根拠だ。レンズを作った哲学者のスピノザと、顕微鏡の父で微生物の発見者として知られるレーウェンフックだ。フェルメールの「地理学者」が、レーウェンフックではないかという説がある。いずれにしてもフェルメールブルーは見るものを引きつける。

❖１００メートル

とにかく広いのだ。名古屋走りとも揶揄される。名古屋に行ったことのある方であれば、一度は目にされたと思うが、片道5車線もある道の広さに、驚きと同時に何となく殺風景な印象が残るのではないだろうか。この道は先の大戦で焦土と化した名古屋の復興に、傑出したリーダーシップを発揮して、同市の名誉市民となった田淵寿郎の功績だ。日本最大の航空機の生産拠点であったため4分の1が灰燼に帰し、市内に大火の際の延焼を防ぐ目的で、１００メートル道路が2本、50メートル道路が11本と、壮大な復興計画だったようだ。１００メートル道路は、今や名古屋を象徴する光景だが、復興計画に当たって点在していた墓を、平和公園として集約することに苦心したという。現在は桜の名所として親しまれており、計画は成功したと見ていいだろう。ちなみに１００メートル道路は全国で、名古屋市の中心部を走る久屋大通と若宮大通、そして広島市にある平和大通りの3本だけだ。東日本大震災の被災地の復興・再生も、半世紀後にその功績が評価されるのだろう。関係者は利害にとらわれず、強いリーダーシップを発揮し精力を注いで欲しい。求められるのは広い道ではなく、広い視野だ。

❖集めて涼し

「為せば成る、為さねば成らぬ、何事も……」。名言の代表格だ。江戸期の米沢藩9代藩主の上杉鷹山の言である。鷹山の時代から遡ること100年前に詠まれた「五月雨を　集めて涼し　最上川」は、松尾芭蕉の「おくのほそ道」。こちらの句、少し違和感があるだろうか。中尾本、曾良本、野坡本、素龍本などがあり、門人の河合曾良が随行し、その曾良の随行日記には、最初の句会では「涼し」と詠んだとされている。その後に、五月雨の時期の川の増量を見て、「早し」と書き換えたものが今日に伝わる。山形県大石田では「涼し」の方がよく知られているのだそうだ。日本三大急流の一つであるため「早し」の方が、どうも似合いそうだ。その最上川の上流である米沢を訪れた。財政難の米沢藩を倹約、産業、学問と再建させた鷹山は、天明の大飢饉も備蓄により餓死者を出さずに乗り切る。まさに名君だ。類焼により大正期に建て替えられたという米沢城跡や上杉神社は落ち着いた公園といった佇まいだ。鷹山にはこんな名言もある。「してみせて　言って聞かせて　させてみる」。現在の指導者にも必要な資質かもしれない。さて件の名言の続き「……成らぬは人の為さぬなりけり」。こちらが肝だ。しかしこれが難しいのだ。

❖人間尊重

「会社を支えるのは人だ。人を大切にせずして、何をしようというのか」。敗戦によって経営基盤を失うも、社員を1人も解雇せず難局を乗り切る。石油元売の出光興産創業者の出光佐三だ。美術品の蒐集家でもあり、長年に亘り蒐集した美術品を展示する出光美術館で開館50周年展を鑑賞した。やまと絵、水墨画、絵巻物、仏画、文人画等の幅広いお宝が公開されている。国宝の「伴大納言絵巻」は見事だ。浮世絵師の喜多川歌麿の重要文化財「更衣美人図」は、どこか物憂げで、艶やかな着物姿の女性が何とも言えない。琳派の酒井抱一「十二ヶ月花鳥図貼付屏風」は、色彩鮮やかに四季折々の花・鳥が生き生きと表現されている。百田尚樹の『海賊と呼ばれた男』の映画が公開を待っている。佐三は恩師から「商売は儲けるためではなく世のため人のためにやるものだ」と教わり「士魂商才」を掲げる。第二次世界大戦後にアーバーダーン危機と呼ばれる中東の危機にある中、イギリスから独立したイランから、佐三が石油の買い付けをしたことや、日露戦争で日本が勝利したことから、イランは親日国として知られている。イランの正式名称はイラン・イスラム共和国だ。出光興産のごたごたが続く。数々の苦難を乗り越えて海賊とよばれた佐三ならこの状況をどう乗り切るのだろうか。経営の原点である佐三の「人間尊重」は現代経営者の座右の銘だ。

❖ 急がば回れ

「しゅららぼん」と聞いて、何の言葉かお解りになる方はいるだろうか。琵琶湖を眺めて思わず「しゅららぼん！」とやってみた。滋賀県の中心部にある琵琶湖は、県全体の面積の6分の1を占め、その周りが湖南、湖西、湖北、湖東に分けられている。この4地区では文化や気候が違うのだという。この琵琶湖を舞台にした万城目学の『偉大なる、しゅららぼん』にその言葉が出てくる。万城目語と呼ばれ、ボイルドエッグス新人賞を受賞した『鴨川ホルモー』の「ホルモー」と同様である。近畿地方を中心にした題材で、『鹿男あをによし』、『プリンセストヨトミ』、『かのこちゃんとマドレーヌ夫人』で、過去に3度、直木賞にノミネートされるも、文章や構成が荒っぽいとのことで受賞に至らなかった。ファンタジーではダメなのか。その豊富な発想力が魅力で、読者を引きつけて止まないのだが。「しゅららぼん」の意味は、是非一読を。琵琶湖を見て「しゅららぼん」と叫びたくなること受け合いだ。滋賀県民が京都や大阪の人と喧嘩をすると「琵琶湖の水止めたろか！」が決まり文句だという。これがヒントだ。どうやら琵琶湖の水は操れるらしいのだ。急がば回れとは琵琶湖のことだ。いつか直木賞をとれる逸材だ。

補記　その後、第170回で直木賞を受賞した。おめでとうございます。

❖ 男の花道

社会保障と税の一体改革が進む中、縁があって総理大臣官邸を見学した。国会議事堂と違い通常は見学ができないので、内閣法制局長官への表敬訪問という形を取った。平成14年に完成し、既に7人もの総理が使用している。旧官邸は同じ敷地内に曳家されて現在は、一部が公邸として使われている。執務室の他、大小ホール、閣僚応接室、危機管理センターなどを備え、執務、迎賓、広報、危機管理などの機能も備えている。地上5階、地下1階、屋上にはヘリポート。テレビでよく目にする正面入り口は、建物の3階部分にあたる。中庭は竹と石で和の心が表現されているという。組閣や内閣改造時の集合写真でおなじみの、通称「男の花道」といわれた旧官邸時代の正面階段での記念撮影は、現在は2階から3階へつながる階段で行われている。記念にと参加者で写真に収まった。また記者会見室で行われる総理の光景はおなじみだが、演台の後ろの幕は全部で3枚あり、総理の会見時には紅か濃紺、午前と午後に行われる官房長官の会見時には薄いグレーを使用するそうだ。なるほど。と妙なところで感心してしまった。注目して見て頂くと違った意味で面白いかもしれない。東日本大震災時には、地下にある危機管理センターを使用したそうだが、携帯が繋がらないというオチがあったそうだ。危機管理は大丈夫なのか。

❖油断大敵

国技・大相撲の土俵の上にあるつり屋根。神明造りの男千木で鰹木が5本。4色の房が四方に下がる。青、赤、白、黒で、それぞれ青龍、朱雀、白虎、玄武の四神だ。方位はそれぞれ東南西北を示す。五行説に当てはめると、それぞれが木、火、金、水となり、中央は黄（黄龍・麒麟）で土、土俵だ。道教に由来する風水の考え方で、そんな風水を意識して平安京は造営される。賀茂川（青龍）、巨掠池（朱雀）、山陽道（白虎）、舟岡山（玄武）に鎮護され、東に八坂神社、南に城南宮、西に松尾大社、北に上賀茂神社、そして中央に平安神宮。よくできている。京都御所の北東の角には角がない。ツノを取って鬼を封じるのだ。猿ヶ辻と呼ばれている。そして京都の鬼門には比叡山。厄災から京の都を守る役割を担っている延暦寺だ。油を切らさず火が灯り続けること1200年。油断大敵の由来である不滅の法灯が燃えていた。ちなみに春夏秋冬は四つで、春は青、夏は赤、秋は白、冬は黒が配置され、立春・立夏・立秋・立冬の直前の18日間ほどの土用があり、これで五行とされる。特に夏の土用は、鬼である丑の日に「う」のつくものを食べる風習があり、平賀源内が、うなぎを食べると夏負けしないと広めたものだ。白秋も青春も風水からきている。西の秋には白、東の春には青が配置されるのだ。セイシュンではない。いまどきはアオハルだ。

❖ マンゴー

カラスミ、お茶、パイナップルケーキと聞いてピンと来る方はいるだろうか。台湾でのお土産ランキングだそうだ。九州ほどの面積に2300万人が住んでおり、人口密度は世界で第2位だという。50年続いた日本統治時代の名残も多く、日本の地名も多く使われ、昭和の町並のようなどこか古き良き日本を併せ持つ。台湾はユーラシアプレートとフィリピン海プレートが交差する地点にあり、中央山脈により東西に分断され、平坦な部分は西側に集中しているが、児玉源太郎や後藤新平らの統治時代に東洋一のダムを築いた八田與一や、蓬萊米を開発した磯永吉らの活躍により、現在の台湾の繁栄があるという、なんだか誇らしい。両国民が心を交わせるのはここからだろうか。日本とその前のオランダでは統治の仕方が違っているのだ。台北の士林夜市で食べたマンゴーもさることながら、吉田修一が『路《ルウ》』で描いた台湾新幹線をめぐる日台の絆物語に思いを馳せながら、台北から高雄《カオション》までの90分の移動は快適だった。高雄の人工湖の蓮池潭《れんちたん》の龍虎塔はレトロ感たっぷりで、併設された孔子廟には位牌以外は何もないのだが、建物は見応え十分だ。

後日談　営林署で働いていた母方の祖父が台湾で切り出したヒノキの大木が、明治神宮の大鳥居に使用されていたことを知る。

❖ミサゴ

雎、鶚、見砂、雎鳩、鶻これら全てミサゴと読む。タカ科やミサゴ科の猛禽類で全世界に分布し、日本でも留鳥として全国に分布している。羽を広げると150センチから180センチにもなり、主に海岸に生息しているが、内陸部の湖沼、広い河川、河口などにもいるという。水面をゆっくりと低空飛行して獲物を探し、見つけると急降下して水中に突入して足で捕まえるのだ。そんなミサゴの英語名はオスプレイ。アメリカ軍の最新鋭輸送機の愛称だ。問題を残しつつ、岩国から普天間に移され既に普天間基地では訓練に使用されている。その普天間の近くでたまたまオスプレイに遭遇した。思わず「落ちるなよ」と呟く。中国にルーツを持つ石敢當を沖縄ではよく見かけるが、これは魔除けで、魔物マジムンは直進しか出来ないので、丁字路や三叉路に置かれているのだ。マムジンはこれにぶつかると粉々になるという。オスプレイも注意して飛んでほしいものだ。首里城は美しい城で朱色には感動したが、偶然にも仲井間知事に遭遇し感動した。基地と観光と生活が同居する沖縄は複雑な問題を抱え続けているのだ。旅客機が那覇空港に降りるとき、長い間低空飛行をする。乗客は景色を楽しめるのだが、米軍の制空圏があり、高いところを飛べないのだ。パイロットにとってはミサゴのように飛ぶ技術が求められ、腕が試されるのだという。

補記　令和元年の首里城火災前のコラムです。

❖ 目利き

白州正子の実家、永田町の樺山家はレンガ造りの洋館で、食堂には「読書」が、客間には「湖畔」が飾られていたという。絵筆で明治を開いたと言われる黒田清輝の作品だ。清輝は幕末に薩摩藩士の子として生まれ、法律家を目指したフランス留学中に、画家としての才能を認められ人生が転換する。コランに師事し渡仏から6年後にはサロンで入選を果たす。印象派の影響をうけ帰国するも、当時の日本では裸体画はまだまだ理解されず、苦闘することになる。しかし、その後の活躍は周知のこと。時代が清輝に追いついたとも言える。日清戦争では画家として従軍、現・東京藝術大学の設立にも参画し、晩年には貴族員議員も務め、大正の終わりと供に人生を終える。清輝の生誕150年の大回顧展を鑑賞した。フランス画檀にデビューすることになった「読書」のモデルは、恋心を抱く下宿先の肉屋さんの娘マリア・ビョー。最高傑作「湖畔」のモデルは、後に妻となる照子だ。「湖畔」を描いているとき清輝の従兄弟にあたる正子の父樺山愛輔が見ていたという。夫次郎より知名度の高かった正子は、『西国巡礼』『西行』など随筆や、幼少時から能を習い、鑑識眼が随一とされた青山次郎、評論家の小林秀雄らに鍛えられ、古典や美術関係で第一人者として評価されていく。「選ぶ基準は自分、身銭を切って買うこと」。物を見る眼は「読書」「湖畔」に原点があるのだろう。

❖ 森の家

ハンバーガー伝来の地、佐世保。昭和25年ごろに米海軍基地から伝わったハンバーガーのレシピから始まったとされる。お店によりアレンジされた佐世保バーガーは、多くの観光客の胃袋を掴んで離さない。出島があったことから、長崎といえばオランダのイメージだ。そのオランダのベアトリックス女王が、王位を退位して皇太子に譲るという。19世紀以来の男性国王になるそうだ。そのベアトリックス女王の居所に因んで名付けられたのが「森の家」を意味するハウステンボスだ。会社更生法などの経営危機を乗り越え、現在はＨＩＳの支援で、住所も佐世保市ハウステンボス町と、官民挙げて再建中だ。夜のライトアップも見事だった。森の家を何とか守って欲しい。佐世保の名の由来は、諸説あり、サセブという木が生い茂っていたことから、それが訛ったもの。狭い川瀬を意味する狭瀬《サセ》と、中世の行政単位を表した保とを併せたもの。さらには神功皇后が三韓征伐に出かけられる途中で、船の帆が風で裂けたのでサケホ。だそうだ。佐世保の人はアメリカンサイズの佐世保バーガーばかりを食べているわけではないという。マックもモスも食べるのだ。いずれにしても佐世保バーガーには認定制度があり、手作りでこだわりのあるメイドイン佐世保のハンバーガーと定義される。アンパンマンのやなせたかしによるイメージキャラクター「バーガーボーイ」の看板が、認定店の目印だ。

❖金座

「にほんぎんこう」ではなく、「にっぽんぎんこう」だ。お金の発行とその安定流通、効率的で安全な決済システムの運用、金融システムの安全確保、物価の安定の維持などを主な業務として担い、銀行の中の銀行と言えば日本銀行だ。読み方については、紙幣にも表記されているので今更の話だが、そもそもは初代日銀総裁の吉原重俊が鹿児島出身であったことから自然と「にほんぎんこう」と呼ぶようになったのだそうだ。日本銀行本店は、明治15年に、東京駅と同じ辰野金吾によって設計され、江戸時代に金貨の鋳造を行っていた「金座」の跡地に置かれている。日本銀行貨幣博物館が併設されており一般公開されている。古代、中世、近世、近代とお金まつわる展示を鑑賞した。お札は偽造との闘いだという。さわる。透かす。傾ける。偽造防止の技術は日進月歩だ。ちなみに1億円を手に持ったことがあるという方は、少ないと思われるが、模擬券でその重さ体験することが出来る。また本館建物を上から見ると、緑色の屋根が「円」の文字に見える。あるある話だが、これは昭和21年に表記が「圓」から「円」に変わっているので、偶然の産物だという。

❖ ＭＳＥ

ＭＳＥと聞いてピンとくるだろうか。マルチスーパーエクスプレスの略であるが、地下鉄千代田線内を走る小田急６００００形のロマンスカーと言えばお分かりであろうか。ブルネル賞、グッドデザイン賞、鉄道友の会ブルーリボン賞に輝くビジネス特急だ。ロマンスカーとは何とも大人心をくすぐるネーミングだが、映画館のロマンスシートが命名の始まりとされている。車体の青はフェルメールブルー、画家フェルメールが好んで使用した色で、「真珠の耳飾りの少女（青いターバンの少女）」は多くの方が目にしているであろう。そして車体の帯は硫黄と水銀から人工的に作られた化合物の銀朱であるバーミリオンオレンジだ。ＪＲ中央線が最初に使用した色で、このコントラストが鉄ちゃんたちを魅了する。地下鉄に乗り入れるため車体には、先頭と後尾に脱出用の扉があるのも特徴だ。岡部憲明のデザインで小田急５００００形のＶＳＥと同じ流れを受け継ぐ、こちらはバーミリオン・ストリームと呼ばれるシルキーホワイトと、バーミリオン帯とグレーの細帯で、鉄ちゃんでなくともその配色が心地いい。ＭＳＥが就役して５年が経ち息子とイベントに参加した。１日乗りっぱなし企画で綾瀬から御殿場、唐木田、江の島、新宿を巡る旅で、親子連れでもロマンスたっぷりだった。ゆとりを持たせた空間設計の通勤快速は、サラリーマンにとって通勤快適に違いない。

❖ みだれ髪

♪ 髪のみだれに手をやれば……。昭和53年の美空ひばりのヒット曲「みだれ髪」だ。カラオケで十八番にされている方もいるのではないだろうか。震災の中、奇跡的に残ったというその歌碑が、雲雀乃苑《ひばりのその》として歌の舞台となった塩屋崎灯台の麓にある。映画「喜びも悲しみも幾年月」の灯台職員の舞台でもある。灯台は東日本大震災の復旧作業中のため見学が出来なかったが、訪れる人は歌碑から流れる船村メロディーの「みだれ髪」の歌を聴きながら、自然と手を合わせる。私も自然とそうなった。風光明媚なその地も近隣はまだまだ震災の傷跡が現在も多く残っている。「湯本」と聞いてどの温泉街を想像するだろうか。箱根の方に軍配が上がってしまいそうだが、JRの駅名が「湯本」のみの表記は「いわき」だけなのだ。昭和の大合併時にいわき市が誕生するが、その前から駅名があったのだ。のんびりと温泉に浸かった。小名浜港にあるアクアマリンふくしまでは、名産のめひかりが販売されているのだが、水産物はすべて現地で捕れたものではないと言う。震災から2年半、元気を取り戻しつつある様だが、うつくしまふくしまが早く復活する日が来てほしい。東北を忘れてはいけないと改めて思う。美空ひばりが大病後に、見事に復帰を遂げたのが「みだれ髪」だ。福島の震災からの早い復興を願う。

❖ 似てるか？

江戸後期、目にしたもの全てと思えるほど集めた。その数、実に2万点以上。当時の欧米において日本を紹介し、その研究に大きく貢献したドイツ人医師・博物学者のシーボルト。日本における西洋医学の発展への功績は大きく、出島以外での活動も許可されていた。帰国する直前の所持品の中に、国外に持ち出すことが禁じられていた当時完成したばかりの伊能忠敬の「大日本沿海輿地全図」の縮図があったことから、国外追放という憂き目にも遭うが、明治維新後に再来日を果たしている。シーボルト没後150年を記念する、江戸東京博物館でよみがえれ！　シーボルトの日本博物館を鑑賞した。日本に関するありとあらゆる物を集めたコレクションのうちの300点だ。膨大な情報や資料はヨーロッパで出版された三部作『日本植物誌』『日本動物誌』『日本』が示すように、幅広い日本研究のパイオニアだ。日本人妻の滝との間には子どもがいて、現在も日本には多くの子孫の方々がいる。とくにシーボルトの孫の楠本高子は美人で、松本零士の「銀河鉄道999」のメーテルや、「宇宙戦艦ヤマト」のスターシャのモデルとして有名だ。私の中学校の担任、愛称「とっつぁん」が社会科の教科書のシーボルトを見て、私に向かって「お前に似ているな！」と言われていたことを想い出す。幸いにも「シーボルト」のあだ名は付かなかったが、親近感は湧く。似てるか？　私は子孫ではないはず。

❖ 衣更

新しい社殿にご御神体を移す遷宮。一定期間ごとに行うため式年遷宮と呼ばれる。伊勢神宮の20年ぶりの式年遷宮は、長保5年（１００３）に持統天皇から始まり、62回目の神事となる。一方、出雲大社の60年に一度の大修造と平成の大遷宮が重なった。国宝の本殿は江戸初期の延享元年（１７４４）から始まった修造のため4度目となる。どちらも長い歴史を持つのだ。木造のため腐りやすいことや、宮大工の技術伝承のため、その知恵の伝授が20年に適しているのであろう。そんなお伊勢さんだが、明治13年に天照大神、豊受大神を主祭神として、神宮司庁東京出張所が開設されている。大正12年の関東大震災により焼失した後、昭和3年に現在の飯田橋に移され、戦後の昭和21年に東京大神宮として再発足している。心結び、縁結び、幸結びの天照大御神を、伊勢の地まで行かなくても近場にご利益が授かれる場所があるのは有り難いことだ。全国にも多くあり、社名に神明、皇大、天祖と付いていなくても、大神宮の名でそれと分かる。芝大神宮、伊勢山皇大神宮、伊勢原大神宮などだ。一方の出雲の遷宮は60年に一度だというが技術の伝承はどうしているか気になるところだ。いずれにしても、美しい国、みずほの国のご神体は、衣を更えつつ伝承される。

❖ ガクルックス

豊川悦司主演のドラマ青い鳥。恋愛逃避ドラマだ。そのためロケ地が転々とし日本を縦断する。詳細は省くがドラマの感動のラストシーンに、北半球では馴染みのない南十字星の頂点の星ガクルックスが見えるという地が選ばれている。鹿児島県指宿市の知林ヶ島だ。干潮時に砂の道が出現し、陸と繋がる島であることから、縁結びの島とも言われ、若者の人気スポットだ。薩摩半島の南端は阿多南部カルデラにあり、風光明媚な開聞岳や池田湖などが形成されている。鹿児島湾の出入口にある温泉地、指宿はその恩恵を受ける。砂風呂は有名だ。諸説あるが３００年以上の歴史をもつと言われ、砂に埋もれて汗を流す入浴として人気だ。この砂むし温泉の効能は重い砂に埋もれることで全身に圧力がかかり、血液の循環が促進され、老廃物の排出や炎症性、発痛性物質を洗い出すのだという。海を見ながら砂まみれになってみた。なにやら子どもの悪戯のような感覚だ。知林ヶ島にはトイレも水ない、気象状況により予定どおり砂州は現れないうえ、毒クラゲが漂着することもあるというから、縁結びも命がけだ。青い鳥のチルチルとミチルが、探し求めた真実や幸福は身近にあった。知林ヶ島に行かなくても、幸せは自分の心が決めるのだ。

❖不折

教師であり、洋画家であり、日本画家であり、書家であり、さらには新聞、雑誌、書籍の挿絵も手がける。日清戦争には生涯の友である正岡子規とともに記者として、日露戦争には絵師として従軍する。中国・日本の書道史研究上、重要な甲骨文、青銅器、石経、墓誌、拓本、法帖などの収集家でもあった中村不折だ。江戸に生まれ明治維新のときに郷里信州高遠へ。書をしたり、絵を描いたりと幼少期からその才能はあったという。家庭の環境から呉服店や菓子屋を転々とし、小学校の教員になるも学問や芸術への思いが消えず22歳で上京する。高橋是清邸の空き部屋で下積み時代をおくり、渡仏などを経て徐々に、その才能の芽が花開く苦労人だ。重要文化財を含むその収集品は台東区根岸の子規庵の向かいに、自ら建設した書道博物館に展示されている。不折の生誕150年記念展を鑑賞した。その多才ぶりには驚かされるがパトロンを持たず、資金作りのため漱石の『吾輩は猫である』や、子規の「小日本」新聞に挿絵を描き、書家としては不折流と言われるその独特書体で、森鴎外や伊藤左千夫などの墓誌を揮毫する。新宿中村屋のロゴや神州一味噌のロゴ、日本酒「真澄」のラベルなど、不折の名は知らずとも一度は目にしたことがあるのではないだろうか。自分が何者であるか、苦節ではなく、雅号「不折」に込めた折れない心で、夢を実現していく。まさに芸術家に相応しい活躍ぶりだ。

❖ 矢倉沢往還

万葉集に収録された防人の歌にも登場するほど古くからある矢倉沢往還。鎌倉時代に東海道が整備されるまで、江戸の赤坂御門から足柄峠手前の矢倉沢関所に至る西国への脇街道だ。足柄峠を抜けると沼津に通ずる。江戸時代中期の享保年間になると、丹沢山地南端に位置する大山阿夫利神社への参詣のため、山岳信仰の大山講が盛んになり、五穀豊穣や商売繁盛を願う人々で賑わう大山街道と呼ばれるようになる。静岡のお茶や秦野のタバコ、相模川の鮎などの各地の産物を江戸に運ぶルートだった。川崎市高津区がまちづくりで「溝の口」にかつての雰囲気を残す活動をしている。その一角に、明治中期からの造り酒屋、岩崎酒店が屋号を糀屋として街道を盛り上げている。平成5年には、酒造りに必須の「糀」と、居心地の良いという意味の「ｃｏｚｙ」をかけて、コンサート会場を開館した。その名も糀ホール。収容人数１４０人で、週末には多くは音楽の発表会が行われ、地元に愛されるホールだ。息子のピアノ発表会を鑑賞した。舞台と客席が驚くほど近く、大ホールでは決して味わえない密着度だ。かつての大山街道は国道２４６号となり、街道に沿うように地下鉄半蔵門線、東急田園都市線、首都高速3号渋谷線、東名高速道路が開通したため、当時の街道の所々にある道標や常夜灯に名残があるのみだ。

補記　酒屋の糀屋は惜しまれつつ、令和3年に閉店している。

❖蘭

アスベスト、アルコール、オルゴール、カバン、コーヒー、スコップ、ソーダ、ピストル、モルヒネ……切りが無い。オランダ語だ。もう少し、ポン酢、八重洲（ヤン・ヨーステン）、学習院が始まりとされるランドセル、男子学生の着る学ラン。すべてが蘭だ。オランダ通詞の活躍する江戸時代に始まる。キリスト教の布教を禁止し、ポルトガル人を収容した人工の島である出島は、朱印船の廃止や島原の乱により無人となるも、信頼を得たオランダが商館を建て貿易を独占し、鎖国が始まった歴史上の重要な場所だ。明治になり少しずつその姿を消していくが、昭和59年に調査が始まり、そして平成の世になって少しずつ復元しつつある。既に内地にあり出島ではないが、面影は想像することができよう工夫されていて楽しめる。国道499号線。別名、出島海岸通りがその扇型の一部分を横切る。道により切り取られている一部分には、扇型と分かるように道の色が変えてあり、路面電車がかすめて通る。新出島だ。土曜日の午前中だけ働いていた昭和あるあるの半ドン。ドンは日曜日や休日を意味する蘭語だ。原語はｚｏｎｄａｇ、それがなまってドンタク。博多どんたくだ。

❖ スリーダイヤ

Jリーグ発足時のオリジナル10の一角である浦和レッズが、今年のアジアチャンピオンズリーグで10年ぶりに優勝した。日本チームとしても9年ぶりとあり、レッズファンならずともサッカー好きは、盛り上がったのではないだろうか。正式名は浦和レッドダイヤモンズ。チームカラーの赤と三菱財閥のスリーダイヤから来ている。三菱自動車の、日産自動車の傘下入りに伴い、横浜マリノスとの関係が取り沙汰されたが、現在も株の過半数以上を有する三菱グループの一員である。その三菱財閥が有していた旧岩崎庭園が、東京上野恩賜公園近くの池之端の一等地にある。岩崎弥太郎の長男、三菱3代社長久彌の本邸で、設計は鹿鳴館と同じジョサイア・コンドルで繊細なデザインの西洋建築だ。当時の3分の1ほどの敷地になっているというが、広大な芝庭は往時の雰囲気を忍ばせるには十分だ。現在は重要文化財として都立庭園となっている。三菱のスリーダイヤのマークは、土佐藩藩主山内家の家紋の三つ葉柏と岩崎家の家紋の三階菱をあわせたものとされ、その原型が庭園の入口に重要文化財の袖塀として残されている。紅葉のシーズンで庭園内は、浦和レッズのユニフォームのように真っ赤に燃えていた。

❖北

函館山から見た函館、摩耶山から見た神戸、伊佐山から見た長崎。日本の三大夜景とされる。いわゆる百万ドルの夜景だ。函館はナポリ、香港と並び世界の三大夜景にも数えられる。見るものを釘付けにするその夜景は確かに圧巻だ。その函館が歴史の舞台で脚光を浴びたのは箱館から函館に改称された明治2年ごろ。幕末に榎本武揚や土方歳三らが率いた旧幕臣と新政府軍が戦った箱館戦争だ。戊辰戦争の局面のひとつで五稜郭の戦いとも言われ、その戦争の終結は、五箇条のご誓文、大政奉還、廃藩置県、武士の消滅、西南戦争とともに明治維新の代名詞とされている。箱館戦争で戦死した土方歳三の埋葬地が、五稜郭とも言われるが確かな証拠がなく不明とされている。そんなミステリアスさも北の地、函館人気のひとつかもしれない。この北。負けた方を敗北という、それは北の字が、人が背を向けている様に見えるために使われているのだが、五稜郭の戦いは決して敗北ではないのだ。箱館戦争も西南戦争も近代日本の産みの苦しみなのだ。タワーから望む五稜郭跡は星形の土塁と堀が美しく、幕府が北方防備のために築造したのだが、内戦の主役となるのは皮肉なものだ。ライトアップされた異国情緒たっぷりのハリスト正教会などの函館の街並みも見応え十分。こちらも百万ドルの夜景に匹敵する。

❖雪舟五代

日本美術の最高傑作の水墨画だと思う。国立博物館で国宝の松林図屏風を鑑賞した。この国宝は下絵だったとする研究者がいる。左隻部分にズレがあり、また余白の使い方もちがうからだという。いずれにしても見るものを黙らせるほど圧巻だ。美術史上で日本の水墨画を自立させたと称される長谷川等伯の作品だ。現在確認されている等伯の作品は80点余り。多くが重要文化財で一部は国宝に指定されている。安土桃山時代に能登七尾の下級家臣の子として生まれ、絵師として京都に出たのは30歳を過ぎてからなのでかなり遅咲きだ。当時の京都画壇は狩野永徳率いる狩野派が世を席巻しているときで、若いとはいえない年の等伯はそこに真っ向勝負を挑んだ。秀吉や千利休らに重用され、室町時代の画僧雪舟にあやかり自ら雪舟五代と名乗る。長谷川一門をまとめ狩野派に伍するほどまでに名を上げるのだ。松林図屏風は墨の濃淡だけで、故郷と思われる松の木と、雪山のシルエットのみが描かれ、雨が降っているのかいないのか、霧がかかる幻想的な作品だ。ジッと観ていると、ふと冷たい風が吹くのを感じる。構図も素晴らしく余白に釘付けになる。これが下絵だという。そうであるならば下絵が国宝なのだ。本作はどんな絵になっていたのだろうか。

❖ヤマト

3332分の276。広島から南に下ること30分ほどの場所に、江田島に守られるように呉港がある。昭和16年12月16日に就役して、昭和20年4月7日に沖縄特攻作戦に向かう途上、米艦載機の攻撃を受けわずか3年半ほどで沈没した、世界最大の戦艦大和を極秘裏に建造した軍港だ。平成17年に開館した呉市海事歴史科学館・大和ミュージアムを見学した。10分の1のサイズの戦艦大和がシンボルとして展示されている。ミュージアムのコンセプトは科学技術創造立国を目指す日本の将来を担う子ども達に、科学技術のすばらしさを理解していただき、未来に夢と希望を抱いていただくこととある。実際の戦艦大和は、長崎県男女群島女島南方176キロ、水深345メートルの地点に今も静かに眠っている。戦艦大和と聞いて松本零士のアニメ宇宙戦艦ヤマトをイメージする世代も増えてきた。冒頭の数字は戦艦大和の乗組員のうちの生存者数である。その生存者の1人、吉田満の『戦艦大和ノ最後』は出航前の乗組員の心理状況や、体験談としての生々しい語りには、熱くこみ上げてくるものがあり、どっぷり感情移入できる秀逸作品だ。平和の大切さや科学技術の素晴らしさを後世に語り継ぐ大和ミュージアムとともに、戦争を知らない子どもたちに勧めたい。考え深いものがある。

❖すばらしき二番

ソチオリンピックの熱戦に釘付けになった方も多かろうと思う。金1個、銀4個、銅3個。欲を言えばもう少し取れた様な……。惜しくもメダルは逃したが、浅田真央のフリーの演技はラフマニノフのピアノ協奏曲第二番とともに多くの方の記憶に残るのであろう。広大なロシアを思わせるこの曲は伊藤みどり、村主章枝、高橋大輔など多くのフィギュアスケーターにも愛用されてきた。このオリンピックの期間中に第7回ショパンピアノコンクールに最年少で4位に入賞し、今年でデビュー55周年となる中村紘子のコンサートを鑑賞した。折しも演目はラフマニノフのピアノ協奏曲第二番。70歳を迎えるとは思えない円熟味を増した迫力のある公演だった。そのためか直後に体調を崩し、今はコンサートを延期しているようで、それほどの迫力のある演奏だった。そして見事な演技だった浅田真央だが、宮本和幸が額の脇にあるホクロを、真央ちゃんボクロと呼び、世界で大活躍するホクロだという。また眉毛の中にあるホクロを、神ボクロと呼び神様が送ってくれた才能だという。羽生結弦が持っている。ソチオリンピック開会式で、五輪のうち一輪が開かないというアクシデントがあった。そのリベンジが閉会式で行われ、粋な計らいでラフマニノフのピアノ協奏曲第二番が演奏された。このコンチェルトに多くの人が酔いしれたであろう。

❖集・真・藍

花に含まれるアントシアニンはピンク。土壌に含まれるアルミニウムに反応するという。土壌がアルカリ性だとアルミニウムは溶けにくくピンクのまま。土壌が酸性だとアルミニウムが溶けやすく青色になる。紫陽花だ。白いアジサイはアントシアニンを持っていないので、どんな土壌でも白のままだという。紫陽花は真の藍色の花が集まる集《あず》、真《さ》、藍《あい》が語源だ。そんなアジサイを見に多くの人が訪れる鎌倉。北鎌倉にある明月院は人気のスポットで、通称、あじさい寺。境内は、約2500株の青色のアジサイで埋め尽くされることから「明月院ブルー」と呼ばれる。土壌が酸性なのだ。このアジサイは日本古来の姫アジサイで、日本の植物学の父と呼ばれる牧野富太郎が名付け親だ。歴史はそれほど古くはなく戦後になって植えられたという。毎年300鉢の挿し木をして手入れされ、状態にもよるが何十年も生き続けるという。お寺も多く死者に手向ける花として、挿し木で増やしやすいとのことだ。根は30センチほど伸びて、葉と同様に四方に広がるため、山が多い土地柄の鎌倉は斜面が多く、その土砂が流れないように重宝されたのがアジサイだ。観光地の古都鎌倉は8年連続で、年間観光客数が1800万人を超えたそうだ。梅雨時はジメジメするが「明月院ブルー」がそれを忘れさせてくれる。

❖ 神秘の水

訪日外国人旅行客が1000万人を超えたそうだ。国際平和と国民生活の安定を象徴するものとして、観光に力を入れることを目的に成立した観光立国推進基本法。施行から7年ほどが経ち、富士山が世界遺産に登録されるなど、政府目標に向かっている。その富士山の山中湖と河口湖の間ぐらいに位置する忍野八海は、天然記念物に指定され名水百選にも選定されている。神秘の湧水とされる湧池、出口池、お釜池、底抜池、銚子池、濁池、鏡池、菖蒲池の八つの池からなる。中心エリアにある湧池は水車小屋もあり、NASAがその水質に興味を示すほどの富士の恵みだ。しかし何故か一番人気はこの八つ池ではなく中池だ。水深10メートルで透明度が高く、泳ぐ金色のアルビノの鱒が浮いているように見えるのだ。日の光に当たると、青い水とのコントラストが美しい。日本の原風景も残るこの場所から見る富士山も美しい。富士講の忍野元八湖霊場として、山梨県側から多くの道者がここを通り富士山に登ったとされる。観光立国の実現に向け、訪日外国人の旅行客を目標の2000万人に達する日も近いであろう。日本の魅力が世界に伝わり、経済の活性化に繋がればこの施策は間違っていない。これでいいのだ。

❖ 文化財難民

文化財難民という言葉をご存じだろうか。画家の平山郁夫により提唱され、アフガニスタンから流出した文化財の一部が日本で保護されている。アフガニスタンはヨーロッパ、中国、インドと繋がるシルクロードの要衝の地だ。古来、東西の文化が行き交う文明の十字路と言われ、地理的にも重要で昭和54年にはソ連の軍事介入があり、その後に続く内戦により国が疲弊していく。タリバン支配によりバーミヤーン遺跡が破壊されたことは記憶に新しい。このままでは多くの文化遺産が失われてしまうのではとの危惧から、混乱状態のアフガニスタンから密かに日本国内に持ち込まれた文化財は、東京藝術大学で一部保存され修復の措置が施されている。黄金のアフガニスタン―守りぬかれたシルクロードの秘宝展を鑑賞した。古代アフガニスタンの繁栄はそれを物語る黄金類を見ることで分かるが、文化財を守っていくことの大切さも迫ってくる。シルクロードをテーマにした作品で知られる郁夫は広島で被爆している。九死に一生を得るが後遺症に苦しんだという。死の恐怖と向き合う日々を送り大作「広島生変図」を描くのは戦後34年のことだ。非戦と平和への思いは人一倍強く、アフガニスタン流失文化財保護日本委員会を立ち上げ、「日本が文化で国際貢献する」との意志は後輩たちに引き継がれていく。企画展終了後に102点はアフガニスタンに返還されると言う。

❖ ゲル

皇帝を意味する称号ハーン。騎馬隊と情報戦で世界征服したチンギス・ハーン。モンゴル帝国はユーラシア大陸の東西におよび、最盛期には地球上の人口の半分、陸地面積の4分の1を占めたというから壮大だ。日本も2度の元寇に遭っている。帝国の基盤となる駅伝制度は、シベリア鉄道が開通するまで最速の情報伝達として残った。移動式住居のゲルは羊毛のフェルトが使用され断熱性能に優れ、夏涼しくて冬暖かいらしいのだが、アーロルというチーズのような匂いが染みつきとても臭かった。ソーラーパネル付き衛星放送アンテナ付きだ。大草原ではヒツジなどの動物が優先され、大自然の秩序を維持する。時間がゆっくりと流れる大草原に突然、巨大なチンギス・ハーンの騎馬像が突然現れる。モンゴルの永遠のヒーローだ。現在は日本の4倍ほどの面積、その3割がゴビ砂漠だ。春頃に黄砂が3000キロの長旅の末に日本に飛来する。その移動距離には恐れ入るがさらに砂漠化は進むという。ウランバートルに4割の人口が集中し、慢性的な交通渋滞や上下水道の整備されていないゲルから出る煤煙が大気汚染の元凶だ。民主化から25年あまり、政治が不安定で経済的な岐路を向かえている。ロシアと中国の狭間にあり、民族はモンゴルと中国の内モンゴルに分断されている。近年は日本への期待も高いという。今日、世界に生きる男性の200人に1人がチンギス・ハーンの子孫だとの研究結果には驚くばかりだ。

❖祇園さん

神社でよく見かける茅の輪くぐり。作法は様々だが左まわり、右まわり、左まわりと八の字に三度くぐり、穢れを清めて災厄を払う神事だ。といっても一般庶民に親しまれる行事で、お札の蘇民将来之子孫也にまつわる牛頭天王、その妻の頗梨采女（少将井）と八王子、そして兄の蘇民将来と弟のコタン将来の物語だ。蘇民は栄えコタンは滅亡するという話で、古代インドの祇園精舎の守護神が、朝鮮半島のソシモリから、鞆の浦、広峯神社、北白河東光時（現岡崎神社）へと移り、最後は祇園感神院に辿り着くのだ。その感神院を訪れた。兵庫の広峯神社、愛知の津島神社とともに牛頭天王の信仰の地だ。八坂神社は明治になってからの名称のため、地元ではもっぱら祇園さん。その祇園さんの祇園祭は、牛頭天王はスサノヲや鍾馗と習合されたりするが、イスラエルの過越祭に酷似していると言われる。祇園祭（シオン祭）の山鉾巡幸では、ノアの箱舟に乗った、不思議なタペストリーなど、異国情緒あふれる日本三大祭りだ。山鉾巡幸のルート変わったが、牛頭天王が少将井を迎えに行くというストーリーになっている。いずれにしても夏越の祓に茅の輪はくぐっておくに越したことはない。

❖ 狛牛

日本橋から水戸街道を走ると、浅草にある言問橋で隅田川を渡るときクランク状に道が曲がる。慣れていないと街道から外れてしまう場所だ。渡った先の墨田区向島は牛の着く地名や、牛を食す文化が古くからある。犠牲という字はともに牛が付く。祭祀などで牛などの動物を生贄にして、神に捧げる儀礼としての風習から来ている。その言問橋の袂に牛嶋神社が鎮座する。慈覚大師により創建され、ご祭神は牛頭天王と習合したスサノヲだ。神仏分離以前は牛御前社で、この「牛の御前」は大江山の酒呑童子を退治した源頼光の弟で、北野天神が胎内に宿るという胎夢をみた母親が丑の年、丑の月、丑の日に3年3か月で産んだとされる逸話に由来する。二本の牙が生えていたなど、異相の持ち主で父から疎まれ東国に追放されたという。源頼朝が隅田川の洪水で足止めされた際に、千葉常胤が牛御前社で祈願したら、無事に渡れたとの伝説も残る。境内には狛犬ならぬ狛牛が座り、大神神社、檜原神社、三峯神社と同じ、珍しい三輪鳥居が構える。自分の身体に悪い部分があれば、牛の同じ部分を撫でると病が治るという撫牛が人気だ。近くには三ノ輪屠場跡があり牛が解体処理されていた。大量の水を必要とするため江戸の鬼門方角の隅田川が選ばれたのだ。屠殺前に牛は泣くという。美味しい肉がいただけるのも犠牲の上に成り立つ。感謝の気持ちを忘れずに。

❖太陽の沈まぬ国の

ウィンザー王家で25年ぶりの王女誕生に沸き立つ太陽の沈まぬ国。王位継承第4位のシャーロット・エリザベス・ダイアナ・オブ・ウェールズ王女だ。イギリスが誇る人類の文化遺産の殿堂と言われる大英博物館は、アイザック・ニュートンの後を継いだ王立協会会長ハンス・スローンの収集品8万点が、イギリス政府に寄贈されたことに始まる。入場料は無料だ。収蔵数は約800万点と言われ、メトロポリタンの約200〜300万点、エルミタージュの約300万点と比べても突出している。以前訪れたがとても全部を見ることは不可能だ。大英博物館展─100のモノが語る世界の歴史展を鑑賞した。紀元前2世紀にエジプトで制作された原寸大のレプリカの石板「ロゼッタ・ストーン」や、ハリー・ポッターに登場する12世紀頃のスカンジナビアで制作された「ルイス島のチェス駒」。これは1831年にスコットランドのルイス島で発見された78個のチェス駒で、セイウチの牙やクジラの歯で出来ている。またメソポタミアの古代都市ウルで発見された紀元前2500年ごろのイラクの「ウルのスタンダード」などは見事だった。大英博物館の収蔵品の中には大英帝国時代の植民地から持ち込まれたものも多く、しばしば返還運動も起こされている。そんな大英博物館は、ハノーヴァー王朝のジョージ一世の時代、1759年に開館しているから歴史も壮大だ。シャーロット王女の11世代も前のことだ。

❖ふたら

男体山は山頂に二荒山神社の奥宮があるため二荒山とも呼ばれる美しい山だ。２万年前の噴火により渓谷がせき止められ、草原や湿原とともに中禅寺湖ができる。日本屈指の高さにあり海抜１２６９メートル。透明度も高く避暑地として大人気だ。中禅寺湖から流れ出る水は大尻川となり、97メートルの高さから落下してくる華厳の滝となる。日本三大名瀑の一つで大量の水は壮観で、さらに飛沫を浴びることで見るものを圧倒する。自然が作り出す素晴らしい景観だ。華厳は大乗仏教経典の一つである華厳経に由来する。落下した大量の水は大谷川となり鬼怒川に合流する。その鬼怒川の下流域はたびたび氾濫を繰り返し、風光明媚な景観と引き換えに人々を苦しめてきたのだ。日本列島を襲う火山噴火や、想定外の大雨などを見るにつけ、自然との闘いは共生することの難しさを実感させる。鬼怒川とは何とも不気味な名だが、毛野国《けぬのくに》に流れる毛野川が訛ったとも、絹川からとも、鬼が怒った様に荒々しいからとも、いずれにしても鬼を怒らせるのは天災か人災か。未だインフラ整備が追いついていない状況にあり、１日も早い復興を祈るばかりだ。補陀洛《ふだらく》からきているとされる二荒は、訓読みで「ふたら」。音読みで「にっこう」。江戸の鬼門を守る「日光」の由来だ。

❖ 一瞬の蒸気

フランスパリ16区のブローニュの森近くに世界最大級のクロード・モネのコレクションを収蔵するマルモッタン・モネ美術館がある。美術収集家のポール・マルモッタンの死後に、そのコレクションが寄贈される。またモネ自身が生前所有していた多くの自作品も、次男ミシェルに相続され、ミシェルの死後に寄贈された。モネの担当医師の収集品で印象派の由来となった「印象、日の出」も寄贈されている。モネを存分に楽しめる美術館だった。日本へのあこがれから、庭に架けた日本風の太鼓橋など晩年の「睡蓮」に代表される住処ジルベニーでの作品が多く所有されているのだが、30歳代から50歳代ごろにターナーの影響を受けた作品群も魅力的だ。またマルモッタン・モネ美術館から5キロほど離れたところにあるサン＝ラザール駅を題材にした作品群は12点ほどあるのだが、駅構内の構図や、すぐに消えてしまう蒸気の一瞬のとらえ方は見事だ。マルモッタン・モネ美術館所蔵のモネ展を鑑賞した。代表作「印象、日の出」が目玉だが、久しぶりに観た「ヨーロッパ橋、サン＝ラザール駅」はやはり一見の価値あり。日本人の印象派好きにも頷ける作品だ。

❖シャチ

「伊勢は津で持つ　津は伊勢で持つ　尾張名古屋は城で持つ」。三重県の民謡伊勢音頭の一節だ。「伊勢へ七度　熊野へ三度　愛宕様へは月参り」もよく耳にするフレーズだ。江戸時代に、はやり歌として日本各地に伝わり、伊勢では踊り歌として伝承されているが、種類も多彩で道中、正調、古調の他、扇の舞など地域性がある。尾張名古屋の名古屋城は、家康により慶長17年（1612）に完成し、黄金のシャチがシンボルだ。戦災により焼失したものの、昭和34年に天守が、外観はそのままに鉄骨鉄筋コンクリート造で再建されている。平成17年の愛知万博を機に、本丸御殿の木造復元の気運が高まり大規模改修工事が行われている。当初は名古屋市開府400年の平成22年の完成としていたが、遅れに遅れ、市長は令和4年までに出来なければ「切腹」とまで言いだした。いずれにしても黄金のシャチが降ろされており、間近で見るいい機会だ。対面所・下御膳所は完成しており、狩野派の絵師による重要文化財の障壁画「竹林豹虎図」や「桜花雉子図」「風俗図」などを鑑賞した。名古屋グランパスのグランパスはシャチだ。こんなはやり歌もある「お前百まで　わしゃ九十九まで　共に白髪の生ゆるまで」。江戸時代では先取りしすぎだが現実になりつつある。

補記　名古屋城の改修工事は安全性の問題でさらに遅れ、令和14年完成を目指すという。切腹！

❖なんじゃもんじゃ

「なんじゃもんじゃ」とはなんとも興味をそそる名称だが、一説には水戸黄門が時の将軍に「あの木は何という木か」と訪ねられ、その返事に困り咄嗟に「なんじゃもんじゃ！」と答えたことが名前の由来とも言われている。愛知県や岐阜県東南部、対馬の北端鰐浦などに分布するモクセイ科の落葉高木ヒトツバタゴ、通称、なんじゃもんじゃはゴールデンウィークごろ満開を迎え見頃となる。プロペラの形の様な純白の花弁で、離れた場所から見ると雪が積もった様になり、見るものを楽しませてくれる。そのなんじゃもんじゃが、だるま市やほおずき祭りで有名な深大寺にあり名物の一つとなっている。それを目当てに訪れる人も多くいる。開創は古く都内では浅草寺に次ぐ古刹で、NHKの朝ドラ「ゲゲゲの女房」のロケ地としても脚光を浴びた。また豊富な湧き水があり、そば作りが盛んで多くの観光客を引きつけている。このシーズンは人手が多いので難点有りだが。ゆっくり花見をしたい方は、都内では明治神宮外苑でも、なんじゃもんじゃを見ることができるのでお勧めだ。トラフィックインフォメーションを聞いていると、中央高速道路がいつも渋滞している場所の一つが深大寺バス停付近だ。渋滞に巻き込まれた方、咄嗟に「なんでじゃ！」とは言わないように。

❖ 坊主丸もうけ

甲斐と駿河を結ぶ水運としての要路で、古くから人々の暮らしに欠かせなかった富士川。日本三大急流の一つに数えられ、長野、山梨を流れ静岡の駿河湾に注ぐ。その川の中間地点あたりに身延山久遠寺がある。日蓮宗の総本山だ。日蓮が1260年に『立正安国論』を著し、2度の佐渡流罪を経た後の、文永11年（1274）に入山することに始まり長い歴史を持つ。樹齢400年のしだれ桜は日本のさくらの名所百選にも選ばれており、身延山へロープウェイで登った奥之院の展望台から見る眺望は絶景で、見下ろす富士川の、その先に南アルプスの山々や富士山が見渡せる。春と秋の数日間にはダイヤモンド富士も見られるという。そんな風光明媚な場所だが、平成14年に国税局査察部が、映画「マルサの女」さながらに身延山久遠寺に強制捜査に入り、宗教界に激震が走る。住職がお布施などを個人的に蓄財し、所得を隠していたという巨額の脱税事件が起きたのだ。これはいただけない。南無とは身命を投げ出して教えに従って生きるという決意を表れだという。南無妙法蓮華経のお題目を唱えても、仏様からの功徳はないうえ、信徒も救われないだろう。坊主丸もうけ。そんな教えは何処にもないのだ。日蓮も嘆き悲しんでいるに違いない。これでは久しく遠い寺になってしまう。久遠寺だけに。

❖ユーフォニウム

東急の祖となる田園都市株式会社ができるのは大正7年のこと。高度経済成長にともない、東京の人口膨張が社会問題となり、五島慶太によって民間企業としては国内最大級のまちづくり、開発総面積約5千ヘクタールにも及ぶ東急田園都市の開発計画が始まる。昭和42年に田園都市線が開通すると村から街へと一変、地元の要望により「あざみ野」の地名が誕生するのは昭和51年だ。かつて薊《あざみ》の花がたくさん咲いていたことに由来する。翌年には東急田園都市線あざみ野駅が開業し、高台には400年以上の歴史を持つ満願寺があり、徳川家の菩提寺で2代将軍秀忠の位牌があることで知られる。また地元でおどろき様と呼ばれる驚神社があり、由来は広大な田園地帯に流れる早渕川が、ゴーゴーと轟いていたことが転じておどろきとも、幕府に献上する馬を飼育していた広大な牧場があり、名馬を数多く出す地域として「馬」を「敬」うが転じて「驚」とも言われる。ご祭神はスサノヲノミコトだ。昭和55年から毎年1万人以上集まると言われる祭りが始まり、息子がユーフォニウムを演奏する吹奏楽部が参加したあざみ野祭りを覗いてみた。あざみ野は平成5年には横浜市営地下鉄ブルーラインが開通し、平成6年には緑区から青葉区へと変遷し現在に至る。昔はこのあたりは兎峠と呼ばれおり、切り立った険しい崖だった場所で、開発によりその痕跡は見当たらないが嶮山の名のみが残される。もはや田園風景はない。

❖撒きつぶし

米問屋の丁稚であったころに、目にした琳派の酒井抱一に魅せられ、日本絵画の蒐集家となった山﨑種二。米相場や株式相場で成功を収め、山﨑証券を創業する。後の山種証券、現SMBCフレンド証券だ。種二は教育にも力を注ぎ学校も開校している。蒐集した絵画をもとに昭和41年7月に日本橋兜町に日本初の日本画専門美術館の山種美術館も開館され、現在は広尾の地に移されている。破綻した安宅産業から速水御舟の作品などを一括購入したため御舟美術館とも言われている。その後に横山大観、上村松園、川合玉堂、奥村土牛、東山魁夷などとの交流でコレクションを充実させていく。御舟の生誕125年記念展を鑑賞した。重要文化財「名樹散椿」に使用されている金に目が止まる。屏風に使用される金は、時代とともに道具や技法も変化した。金箔を貼る箔押しでは継ぎ目が残り、金を粉末状にして膠水で溶かして刷毛で塗る金泥では刷毛跡が残る。そこで粉にした金箔を散らし、手の平でならす「撒きつぶし」の技法を用いており、ムラのない均質感が見て取れる。京都の昆陽山地蔵院の樹齢400年ほどの老木を描いたもので、琳派風の力強さに圧倒される。「紅梅・白梅」も秀逸だ。40年という短い生涯、何とも惜しい画才だ。近代日本画だけを蒐集の対象にしたのは「贋作をつかまされる心配が少なく、値上がりの可能性も高い」からだそうだ。さすが相場師種二だ。

❖回り道

北陸新幹線や上信越自動車道が開通し、軽井沢への移動が便利になった半面、忘れ去られようとしている標高956メートルの碓氷峠。群馬県安中市松井田町と長野県北佐久郡軽井沢町との境で、かつての中山道の難所だ。足柄峠、箱根峠とならぶ関東地方の自然境界で、この難所の横川と軽井沢間に鉄道が開通するのは明治26年こと。急勾配のためギザギザのラックレールと機関車の歯車をかみ合わせて走行するアプト方式が採用された。この方式はここと大井川鉄道井川線の2箇所しかなく、スリップには強いがあまり速度が出せないという欠点があり、昭和38年に新しい方式を採用する新線開通に伴い廃線となる。しかしこの廃線敷を利用し約6キロの遊歩道がアプトの道として整備され、第2橋梁から第6橋梁までの5基が現存する。碓氷峠のほぼ中間にある碓氷第3橋梁は、日本最大のレンガ造りのアーチ橋として観光名所となっている。その形から通称、めがね橋。下から見ると長さ91メートル、高さ31メートルの芸術と技術が融合した4連の美しいレンガ橋だ。イギリス積みで使用したレンガは200万個を超えるというから壮大だ。平成5年に国の重要文化財に指定され、橋の上を歩く遊歩道からの眺めもよく、折り返し地点からは熊ノ平や碓氷湖を望む。軽井沢への移動は便利にはなったが、急ぐ旅でなければ、おぎのやの「峠の釜めし」を食べるのも旅の楽しみの一つだ。

❖ ぎんなん

大正15年に旧青山練兵場の跡地に建設された聖徳記念絵画館は、今年で創建90年を迎る。明治神宮外苑の中にあり青山通りから見ると絵画館が中心になるようにイチョウが真っ直ぐに伸びる。絵画館に近づくにつれ、より低いイチョウが植えられ、遠近法を用いて絵画館が遠方に見えるよう設計されているのが特徴だ。明治神宮外苑のシンボルでドラマや映画などでもお馴染みの光景だ。ぎんなんの実がなるシーズンの時には少々臭いので我慢も伴う。聖徳記念絵画館を鑑賞した。明治天皇・昭憲皇太后の聖徳を永く後世に伝えるために造営され、在世中の事蹟を伝える80人の画家の揮毫による大壁画80点が、嘉永5年の御降誕から大正元年の御葬儀まで年代順に展示されている。教科書でもお馴染みの「大政奉還」や「江戸開城談判」「岩倉大使欧米派遣」などもあり、当時の出来事が時代を追って見ることができる。聖徳記念絵画館の建物は、平成23年には重要文化財に指定され、夜には外観がライトアップされ神秘的な雰囲気が漂うので、展示品とともに楽しめる場所だ。食べると美味しいのに匂いがちょっとの銀杏。オスとメスがあり、実を付ける方のメスには乳根《ちちね》があるので分かりやすい。踏みたくない方はオスの下を選んで歩こう。いや実はすでに落ちているので、メスばかりがある場所ではケンケンパで乗り切るべし。

❖いざ鎌倉

謡曲鉢木に言う「いざ鎌倉」。関東各地から鎌倉に駆けつけるための道を鎌倉街道という。現在も多くの幹線道路が点在し、主要な道は上道、中道、下道の3本と言われ、その下道である鎌倉街道沿いの終着点近くの北鎌倉駅に、無学祖元が鎌倉時代の弘安5年（1282）に開山した臨済宗大本山円覚寺がある。火災消失をなんども繰り返し、江戸時代後期に復興されたものが現在に至っている。舎利殿は国宝だ。その円覚寺で宝物風入が行われた。その名の通り収蔵品を虫干しにすることで、その間に文化財を展示する行事だ。重要文化財である北条時宗書状、仏涅槃図、無学祖元書状など数百点が公開されたので鑑賞した。円覚寺は開山時の執権北条時宗の廟所ともなっており、臨済宗の寺院で鎌倉五山の第二位との位置づけだ。居士禅の立役者の今北洪川老師のもと、ここ円覚寺に参禅した鈴木大拙は、霊性の自覚を見いだしその後、世界に禅を広めていくことになる。TKC創業者の飯塚毅名誉会長もこの地に眠る。佐野源左衛門という落ちぶれた武士が雪の日に、「旅の僧」を泊めたとき「どんなに貧しくても、いざというときには、真っ先に鎌倉へ駆けつけるつもりだ」と語る。その後、実際に緊急召集を受けて源左衛門は真っ先に鎌倉に駆けつける。そこに待っていたのは、「旅の僧」時頼だったのだ。偽りなしとして領地を与えられる。能の演目「いざ鎌倉」だ。

❖ 頭痛持ち

文豪、夏目漱石が詠んだとされる「日は永し、三十三間堂長し」。京都蓮華王院の本堂「三十三間堂」内に整然と並ぶ1001躯はどれもが国宝で奇観だ。お堂のなかに33の柱間（柱と柱の間の空間）があることから名付けられている。後白河上皇によって永万元年（1165）に創建されているが、火災により焼失し鎌倉期の文久3年（1266）に再建されたものが現存する。南北120メートルもある長大なお堂だ。建物は入母屋造りの本瓦葺きで、美しい姿をしており観ていて気持ちがいい。寄木造の千手観音坐像は見応え十分で、千手は実際には腕が42本で、合掌している2本の腕を除くと40本。仏教では輪廻する世界が25種類（二十五有）に分れていると考え、それぞれの腕が25の世界一つひとつを救うとされ、40×25＝1000。これで千手と言うことらしい。難しい話はさておき千体千手観音立像は1001躯もあり、罰当たりだが、全てをジッと観ても皆同じに見えて目が回るだけだ。湛慶らの仏師による制作とされる風神・雷神像は迫力満点だった。俵屋宗達の国宝の風神雷神図屏風のモデルとも言われている。三十三間堂は頭痛の治癒にご利益があるとされるそうだ。頭痛持ちの方には是非お勧めだ。文豪漱石も頭痛持ちだったという。

❖お宝

コンコン、シンシン、チラチラ、ボタボタ、フワフワ、ハラハラ。何のオノマトペか気づくだろうか。そう、雪だ。関東も雪景色になり交通が混乱した。地球温暖化の中、少しは大地を冷やしてくれただろうか。それにしても関東は雪に弱い。一方、こちらの雪景色には感銘する。三井記念美術館で年末年始の恒例で公開される円山応挙の唯一の国宝、六曲一双の雪松図屏風を鑑賞した。モチーフは雪と松。墨の濃淡で描写された松の木と、幻想的な金泥の背景だけが描かれたシンプルな構図だが、右隻に老松、左隻に若松を配し、雪が降り積もるその様は、静寂と力強さを感じて心を揺さぶる。雪松図屏風は三井家の中でも特別な作品で、十一家のうち北家から寄贈されたお宝だ。紙継ぎのない大きな画紙などが使用されるなど三井家の特注品であったことがうかがえ、北家の男子誕生の祝い品説など、その経緯や史料は見つかっておらず真相は不明らしい。いずれにしても、作風や印章から天明6年（1786）ごろの作品だとされている。やはり日本の冬には雪がよく似合う。応挙の雪ならまた観たいと思う。そんな国宝だ。呉服商と両替商を営んでいた三井家はパトロンとして応挙亡き後も、その弟子たちを支えていく。キュッキュッ、ギュギュ、ジャバジャバ、ガリガリ、ザクザク。現実の雪もたまにはいい。ツルツルゆえ、くれぐれもズルンとならないよう気をつけて！

❖恩人

生糸貿易により財を成し、実業家であり茶人、明治維新の激動期に岐阜市に生を受けた原三渓。その財により東京湾を臨む横浜市本牧に、明治39年に公開された三渓園は、四季折々の花が楽しめ、特に古くから梅の名所として知られる。175千平米にも及ぶ敷地に白梅、紅梅など約600本が植えられている。三渓の生誕150年、没後80年を機に国宝、重要文化財30点以上、旧蔵を含む150点余りのコレクションを横浜美術館で鑑賞した。自らも画家として才能を持ち渡辺省亭、横山大観、下村観山、安田靫彦、今村紫紅、小林古径、速水御舟など錚々たる画家のパトロンとなり、その審美眼は後の世が証明している。下村観山の「大原御幸」、今村紫紅「近江八景」は見応えがあった。本牧にある三渓園には臥竜梅、緑萼梅、京都の灯明寺から移築された三重塔、岐阜の白川郷から移築された矢箆原家住宅、徳川家康が京都での居城とした伏見城内に建てられたとされる月華殿、芥川龍之介がもてなしを受けたという初音茶屋などが広大な敷地に点在する。社会還元の精神のもとに無料開放されているのだ。原三渓は今もなお市民に愛され続けている。「この明媚な自然の風景は創造主のものであって、私有物ではない」と。横浜の恩人と言われる所以だ。

❖画鬼

弘化3年（1846）の江戸本郷の大火のとき、自宅が焼けるところを写生していたという14歳の少年、河鍋暁斎。幕末から明治中頃の激動期に活躍した狩野派絵師、浮世絵師とされるが、多くの絵師が得意のテーマで描くことが多い中、土佐派、琳派、円山四条派、はたまた中国画や西洋人体図などを学ぶ。7歳で浮世絵師歌川国芳に入門し、10歳で狩野派に学び、19歳にして修行を終えている。浮世絵、戯画、風刺画、錦絵、狂画、春画、挿絵などなど。画法が幅広く、枠にはまることがないのはそのためで、自らを「画鬼」と呼ぶほどだ。ゴールドマンコレクションの、これぞ暁斎！　展を鑑賞した。達磨をテーマにした作品は狩野派や等伯など多く絵師に描かれ、特に白隠のものは有名だが暁斎が描く達磨図も逸品だ。またネコやカエルなど動物画も多くありその観察力には驚く。暁斎に弟子入りを志願した鹿鳴館を設計したジョサイア・コンドルが、暁斎の死後に出版した本は欧米に紹介され円山応挙、伊藤若冲、葛飾北斎と並び、国外でも天才絵師暁斎として評価されていく。弟子の1人である長女の暁翠は、幼少期から暁斎の手ほどきを受けた画家だが、明治34年に開校した女子美術学校日本画科で初の女性教授となり、美術教育の先駆者としての顔も持つ。神田川で拾った生首を写生したとの伝説もある暁斎、見た目もやることも、まさに「画鬼」そのものだ。

❖いかんぜよ

日本で最初の貿易商社を興し、明治維新に至る薩長連合の立役者で、京都の近江屋において志半ばの31歳で非業の死を遂げる才谷梅太郎こと坂本龍馬。長崎の地における亀山社中・海援隊は、岩崎弥太郎らにより後の日本郵船や三菱商事として発展して行くことは有名な話だ。長崎には龍馬がグラバー商会と亀山社中の間を闊歩していた3キロほどの道があり、長崎龍馬の道として整備され観光名所となっている。細い道だが歴史のロマンを感じる場所だ。斜面地の中ほどにある亀山社中をさらに登った風頭公園には龍馬の銅像があり、日本の未来を見据えるかのように腕組みをして、世界とつながる出島を見つめる。司馬遼太郎の『竜馬がゆく』は「龍馬」でなく「竜馬」で作り話なのだが、夢中になった方も多いのでは。キリンビールの初代社長のグラバーは龍馬の亀山社中の後ろ盾で、龍馬を忍ぶようにビールラベルがデザインされている。頭が「龍」で胴体が「馬」なのだ。ちなみに赤玉の太陽のサンと鳥井でサントリー。創業者は鳥井信治郎だ。アサヒビールの創業者は鳥井駒吉。同じ鳥井でややこしいが血縁ではない。こちらの社名の由来は、長州の力士隊の力士で孝明天皇を祀る玉鉾神社を建立した、旭形亀太郎だとの説がある。敷地に銅像あるとかないとか。志半ばだった風頭公園の龍馬の銅像がこう呟いていているようだ。日本はこのままでは、いかんぜよ！

❖隠れ家

ロシアの宝石と言われるエルミタージュ美術館。繁栄を物語る膨大なコレクションは３１０万点を超えルーブル美術館、メトロポリタン美術館とともに世界３大美術館とされる。プラド美術館を入れて世界4大美術館ともされる。ピョートル1世がオランダ絵画を大量に購入し、その後にエカチェリーナ2世が、ドイツの画商ゴツコフスキーが売り出した美術品を買い取ったことに始まるとされる。ロマノフ王朝が築いた超豪華絢爛な美術館だ。収集はその後も歴代のロシア皇帝により続けられ、ロシア革命によって終焉を迎える。美術館は冬の宮殿を始め5棟もあり、展示室数はなんと１５００以上、全長は20キロを超え、すべて見るには10年もかかるそうだ。もはや想像が付かない。大エルミタージュ美術館展を鑑賞した。オールドマスターの作品85点が公開されていた。フラゴナールとジェナールの共作「盗まれた接吻」、クラーナハの「リンゴの木の下の聖母子」、スルバランの「聖母マリアの少女時代」は素晴らしく世界各地を巡ると言う。エルミタージュはフランス語で「隠れ家」を意味し、当初は私的なコレクションで一般公開されていなかったという。当然、所有者のものであるが公共物になってこその芸術品の価値だ。隠してちゃだめ。エルミタージュの地下にある職員たちの部屋には、昔からネズミ退治をするネコが飼われており、素晴らしいハンターとして任務についているという。膨大な美術品を守っているのだ。

❖ 地上最強

2千年前のアラブの貧しい少年ハフィドが、史上最強の大商人になっていく成功の秘訣の物語、オグマンディーノの『地上最強の商人』。学びの書だ。一方、武家で徳川御三家のひとつである水戸徳川家黄門さままで2代藩主光圀が着手し、その後も受け継がれ明治39年に完成した『大日本史』は、神武天皇から南北朝時代の後小松天皇まで100代の事蹟を綴る膨大な日本の歴史書だ。この編纂を通して確立された水戸学は、9代藩主斉昭によってさらに進み、天保の改革や、医学・薬学への卓越した指導力を発揮し、心身を休める場である偕楽園が創設される。金沢の兼六園、岡山の後楽園と並び日本三名園の一つとされ「衆と偕《とも》に楽しむ場」だ。陰と陽の世界観を意識して造られているとされ、木造2層3階建ての好文亭と、木造平屋作りの奥御殿は落ち着く場所となっている。庶民の憩いの場所だ。また文武修業の場である弘道館も創設されており、学問をすることの大切さを改めて感じる場で、最後の将軍徳川慶喜も幼少期にここに学んでいる。当時の日本最大の藩校だ。学問とは一度ではなく、繰り返し行うことで身につくもの。ベストセラー『地上最強の商人』は読み物であるが習慣の奴隷となるために、何度も繰り返し読むというカラクリで、言い方を変えるとひたすら行う辛い作業の訓練といえる。そんな実践の書だ。それが成功の秘訣だという。

❖ みささぎ

少子高齢化、核家族化が進んでいる日本、先祖代々の墓は誰が守っていくのか。墓を持たない時代になっているという。天皇、皇后、太皇太后、皇太后を葬るところは陵《みささぎ》と呼ばれ、その他の皇族を葬るところは墓で、あわせて陵墓とされる。天皇で最初に火葬を行ったのは41代持統天皇で、歴代の天皇の約3分の1が火葬だ。１０８代後水尾天皇以降は土葬が続いている。天皇といえば3世紀半ばから7世紀にかけて造られた、仁徳天皇を代表とする古墳のイメージの陵墓だが、時代と共に古墳は姿を消し、近年では明治天皇が京都伏見桃山に、大正天皇とその皇后、昭和天皇とその皇后は、八王子市の高尾駅近くの甲州街道沿いにある武蔵陵墓地に埋葬されている。武蔵陵墓地は東日本で初めて作られた天皇陵で、広大な敷地は京都から取り寄せて植えられた北山杉に囲まれた静寂な場所だ。玉砂利が敷かれた参道を歩いた先に、両夫婦は並んで眠っている。いずれも土葬だ。平成天皇は火葬を希望されているという。実現すれば１０７代後陽成天皇以来４００年ぶりだ。天皇、皇后の埋葬方法が大きく変わることとなる。一般人は明治初期に火葬が義務化され、現代の葬儀といえば通夜と葬儀、告別式が行われているが、家族葬などが一般化されるなど縮小化が進む。墓を持たない時代も近いのかもしれない。海に散骨する場合には粉骨がマナーだ。

❖大酒飲み

第1回文化勲章を受章し明治後半から大正にかけて、日本画壇の重鎮として確固たる地位を築いた横山大観。東京英語学校で英語を学んでいるとき、美術学校の創設を聞きつけ、わずか3箇月の付け焼き刃で受験するのだ。東京美術学校の第1期生として菱田春草、下村観山らと共に岡倉天心に学ぶも、天心の排斥運動が起ったときに師と仰ぐ大観らは、天心に従って日本美術院を創設し活動の拠点を茨城県五浦に移すことになる。西洋画の画法を取り入れた新たな画風の研究を重ね、朦朧体《もうろうたい》と呼ばれる線描を抑えた独特の没線描法を確立する。その先進的な画風は当時の画壇の守旧派から猛烈な批判を浴びることになり、その経歴は決して順調なものではなかった。そこで海外に渡り活動を始め徐々に評価が高まるに連れて、日本国内でもその画風が再評価され始め近代日本画の巨匠となっていくのだ。東京国立近代美術館で生誕150年の横山大観展を鑑賞した。40メートルの日本一長い画巻の「生々流転」や「夜桜」「紅葉」も素晴らしいが、やはり大観といえば富士山。生涯で1500点描いたとされ、琳派風の六曲一双屏風「群青富士」も秀逸だ。金地に白雲、左右隻で共鳴する緑青と群青の対比には思わず息をのむ。大観は贋作論争も多く、大酒飲みのためアル中で何度も死にかけている。その脳はアルコール漬けで東京大学に保存されているという。満足しているだろうか。

❖シンメトリー

♪　あたまを雲の上に出し……。日本を代表する富士山。しかし誰もが知ることになったのは、それほど遠い過去ではない。噴火を繰り返しおよそ1万年前には、現在のような形になったとされ、古の人々も見ていたはずだ。しかし何故か古事記にも日本書紀にも登場しない。記紀時代より前にはヤマトタケルが東征しているが、まだまだ中心は京都だったのだ。坂上田村麻呂に代表される征夷大将軍はその後のことで、平安貴族には東国は馴染みが薄かったためと思われる。富士講ができるのも戦国期から江戸期のことだ。富士山登拝の一つ、富士宮ルートに駿河国一ノ宮の富士山本宮浅間大社が鎮座する。ご神体は富士山、主祭神は女神コノハナノサクヤヒメだ。多くの神社では千木の先端の削ぎ方が垂直の場合（外削ぎ）は男神、水平の場合（内削ぎ）は女神とされ、鰹木の数が奇数なら男神、偶数なら女神とされる。しかしここの本殿の千木は垂直、鰹木は5本。矛盾しているのだ。コノハナノサクヤヒメの別称が浅間大神とあるが、別神との説もあり真相は謎だ。いずれにしても父のオオヤマツミ、夫のニニギノミコトと共に祀られている。水が豊富で富士山を拝むには良い場所だ。徐福も蓬莱山を求めてやってきた。竹取物語で不老不死の秘薬が焼かれた場所、不死山。実在しなかったとの説もあるヤマトタケルだが、シンメトリーで美しい山を見ていたにちがいない。……富士は日本一の山　♪

❖うつつ

地域からの歴史・文化の発信を目指し、市制50周年記念事業として平成5年から平成24年まで開催された春日井シンポジウム。そこで取り上げられた内々神社《うつつ》は、尾張と美濃の国境・内津峠に鎮座し、延長5年（927）の延喜式神名帳にも記載された古社だ。隣には内津妙見寺もあり神仏習合が残されている。創建は景行天皇41年とされ、主祭神は尾張の祖の建稲種命だ。ヤマトタケルの義理の兄で、ヤマトタケルが東征時に義兄の訃報をここで聞き「ああ、現哉《うつつかな》」と嘆いたことから、この地が現《うつつ》、内津となる。その霊を祀った奥の院・巌屋神社が内々神社の始まりだ。神社の裏には夢窓疎石の作庭と言われる県指定の名勝の庭園があり、神社庭園のある珍しい神社だ。松と百日紅《さるすべり》が一体となっている珍しい木「すべらずの松」は、すべらず守として受験生に人気だ。人や物資の往来で経済を支えた下街道にある内津峠は、冬には道が凍結し人や馬が転落するなど難所だったという。国道19号線となり、念願のトンネルも出来て平成6年にはバイパスも完成し、現在神社はひっそりとしている。道中の安全を祈願する馬の守神の馬頭観音だけが、名残のように峠に立っている。トンネルを抜けると最高気温40・9℃を記録した暑い町、美濃多治見市。運転中に現《うつつ》を抜かしながら街道を走ると、見逃してしまうほど小さな神社だ。

❖くることなかれ

ＮＨＫ朝ドラ「ひよっこ」は、高度成長時代における奥茨城から都市部へ集団就職する物語を描く。主人公の芯の強さや天然ぶりが魅力的で、個性豊かな取り巻きもドラマの魅力の一つだ。その奥茨城にある太平洋を一望する五浦温泉は、東日本大震災で被害を受けたが風光明媚な土地だ。明治後期にこの地に岡倉天心が、大観、観山、春草らとともに日本美術院を移転したことにより、近代美術のメッカとなっていた時期がある。天心記念五浦美術館や野口雨情記念館があり、歴史と文化が色濃く残る観光の名所だ。そこから少し北上したところに、歌枕でよく読まれた奥州三関の一つ、勿来《なこそ》の関跡があり、現在は勿来の関公園として整備されている。5世紀ごろに京を中心とした文化と、東北から北を治めていた勢力との境にあり、その南下を防ぐために設置されたとある。勿来とは、来る勿れ《くることなかれ》の意で古代の境界線だったのだ。「吹く風を　勿来の関と　思へども　道もせに散る　山桜かな」（千載和歌集）と文武両道の源義家が詠む。八幡太郎だ。このあたりは、征夷大将軍坂上田村麻呂とエミシのアテルイやモレなどの戦いの現場だったのだ。「道の奥」。これより先に道はないとされる「みちのく」。くることなかれの時代は終わった。境界線のない現代の「ひよっこ」たちには無縁の話だ。

❖永青

陶芸家で茶人の細川護熙。79代総理大臣と言った方が馴染みだろうか。肥後熊本細川家の18代当主だ。優れた歌人、国文学者の武人藤孝（幽斎）に始まる細川家は、2代忠興が千利休の高弟の1人として名高く、明智光秀の娘「たま」を正室としている。後の「ガラシャ」だ。「たま」は関ヶ原の戦いで西軍の人質にされかけたとき、これを拒んで命を絶っている。「たま」の三男忠利は加藤家が改易となったのを機に、肥後熊本54万石を与えられ細川家3代として初代熊本藩主となる。新天地であるため町民に気遣い、加藤清正の菩提寺に向かって手を合わせ入城したという。武蔵野の面影が残る目白台に、広大な細川家の屋敷跡があり、その一隅に作られた永青文庫に、16代護立が細川家の代々によって集められてきた美術品等の文化財を集約する。閑静な住宅街に囲まれているところだ。「永青」は8代斉茲の菩提寺である永源庵の「永」と、初代幽斎の居城である青龍寺城の「青」に由来する。永青文庫で南禅寺天授庵と細川幽斎展を鑑賞した。幽斎が利休を通じて交流があったとされる長谷川等伯の障壁画「禅宗祖師図」が天授庵にあり重要文化財だ。「たま」の子、3代忠利は宮本武蔵を客分として破格の待遇で迎え、それに応えた武蔵は他界するまで熊本の地に留まる。「ガラシャ」の血は代々継がれていくが、7代治年に男子がなく血統は途絶えることとなる。養子の8代斉茲の血を引き継ぐ総理の護熙には、「たま」の血は流れていない。

❖ 里山

東名高速道路を東京から下り方面に向かい神奈川県を走っていると、横浜町田インターチェンジを過ぎたあたりでカーナビが「東京都に入りました」と伝える。つかの間「神奈川県に入りました」と忙しい。ほんの一瞬だ。その東京都町田市では武蔵の国と相模の国を分ける境川の氾濫が絶えなかったという。町田の歴史は複雑だ。大化元年（645）に起きた乙巳の変により、政権は全国を支配する体制を整え武蔵国となり、明治元年市域内全村が明治政府直轄地となり神奈川県へ、明治26年再び東京府に移管される。歪な形をしているその町田市と多摩市の境あたりに小野路町がある。鎌倉街道の上道の宿場町で大自然の貴重なエリアとなっており、当時の街並みが今に残る。5キロほどの里山はノスタルジックな気分を味わう散策コースとして人気だ。迷子になるので散策マップなしでは危険だ。時計回りがお勧めだという。新撰組局長の近藤勇もここを通って小野路を訪れていたとある。東京に移管され130年。町田駅の北口は東京。南口は神奈川。神奈川県町田市と揶揄されることも多い。町田の人ゴメンナサイ。氾濫の絶えなかった境川は河川改修が行われ、町田市と相模原市の一部が川を隔てた相互に飛地になっていてややこしいのだ。再編が検討されているという。思い切って神奈川県に返還してカーナビを忙しさから解放してやってみてはどうか。小野路の価値は変わらないから。

❖ ティンダル

わずかな歩数で渡れるという意味の「すんまた」。「寸又」。南アルプスへの入口である大井川の支流の寸又川にある寸又峡。南アルプスから流れ出る大間川と寸又川の合流地点の大間ダム湖に、死ぬまでに渡りたい世界の徒歩吊り橋十選に選ばれた橋がある。その名も「夢のつり橋」。その橋から見る湖面がエメラルドグリーンやコバルトブルーに染まっているのだ。裏磐梯の五色沼を彷彿させるほどに。微粒子やプランクトンが少なく、きれいな水に光が差し込むことで波長の短い青い光だけが反射するのだそうだ。イギリスの物理学者ジョン・ティンダルによって発見されたことからティンダル現象と呼ばれる。暗い部屋に日光が差し込んだ時に，ほこりがキラキラと光る現象と同じだ。山間に暮らす村人の生活の道として架けられた全長90メートル、高さ8メートルの鉄線の「夢のつり橋」は、遊歩百選にも選ばれ、つり橋で恋の願い事をすると、その恋が叶う。と若者に人気の観光スポットだ。寸又峡の温泉は湯上がりの肌が、つるつるすべすべになることから、その名も美女づくりの湯だ。女性には人気だが最寄りの駐車場から、つり橋までは徒歩で30分ほど、橋の上は定員10名のため観光シーズンには一方通行となり、1周90分ほどの周遊コースを辿ることになる。恋を叶えるのも大変だ。「すんまた」とは渡れないのだ。

❖ 聖地

♪　六甲おろしに颯爽と……。野球少年だった。そのころから縦縞に魅せられていた。阪神タイガースの本拠地でもあり、高校球児の聖地甲子園球場。竣工の大正13年の甲子年《きのえねとし》からの命名は知られているところだ。ピッチャーの投げすぎ問題が浮上し、1週間で500球以内の球数制限も決定した。また永遠の高校球児のため平成16年から元高校球児によるマスターズ甲子園も開催されるなど、野球少年にとっていつまでも夢の舞台だ。縁があり税理士会の仲間と甲子園球場を借りて野球をする機会を得た。近場である東京ドームを借りてプレーすることはあるのだが、阪神ファンながら甲子園に入るのも、甲子園で野球をやるのも初体験。観客のいない球場では声がよく通る。グラウンドレベルで見て、改めてプロのスゴさを思い知る、草野球には広すぎるのだ。一生の想い出になるであろう。しかもスコアボートの表示付きで、ウグイス嬢付きだ。「1番、レフト、樋田くん」とのアナウンスも浴びた。阪神園芸の仕事技も見た。さすがに土のお持ち帰りは出来なかったが、でも大丈夫、魂はいつも甲子園球場に置いてある。ちなみに甲子園球場にある吉野屋の看板は「オレンジ」ではなく「イエロー」だ。そりゃそうだ。……阪神タイガース　フレフレフレフレフレ　♪

❖お坊ちゃん

江戸幕府の重臣であった姫路藩主の酒井雅楽頭の次男坊として、神田小川町にある姫路藩別邸で生まれたお坊ちゃん酒井抱一。武家社会に身を置くことなく、絵師、俳人として名を馳せる。酒井家は文芸を愛する家風があり、抱一も若い頃から風雅文芸の道に親しみながら奔放な生活を送ったという。江戸琳派と呼ばれる絵師の先頭に立ち、鈴木其一など多くの弟子を持つ。江戸の琳派芸術展を鑑賞した。浜田マハの『風神雷神』はフィクションだが魅力的な俵屋宗達を描く作品だ。その宗達が三十三間堂の風神像・雷神像から影響を受けて描いたとされる「風神雷神図」。それを模した尾形光琳、さらに抱一と受け継がれていく。宗達をリスペクトしていた光琳。光琳をリスペクトしていた抱一。なんと抱一は光琳の風神雷神図の裏面に、自らの最高傑作「夏秋草図」を描くのだ。大胆だ。よほどの自負がなければできないだろう。表面に呼応させて描かれ、金に対しての銀、天に対しての地、雷神には夏草の夕立が、風神には秋草が風になびいている。光琳は酒井家から扶持をもらっていた時期がある。抱一は光琳に敬意を払いつつオリジナルの作風を作っていくのだ。光琳100年忌を催すなど、時を超えたその私淑ぶりがうかがえる。抱一は保護を受けていた藩主である兄の忠以が亡くなると、甥の忠道が酒井家を継ぎ居場所を失うことになる。お坊ちゃんは下谷の根岸の地へ。ほど近い吉原通いは終生続いたという。

❖足がすくむ

三島と言えばうなぎの蒲焼き。天然ではなく富士山の湧水による浜名湖の養殖だ。三島は治安の良さでも知られるが、そんな三島を盛り上げている宮澤俊二は、「山中城跡地の再生を考えていたきに、この場所に吊橋をかけたらどうだろうか」と、ふとひらめいたという。「日本一高い富士山と日本一深い駿河湾を、日本最長の大吊橋から眺める。」という触れこみで、平成27年、箱根西麓に三島大吊橋が完成する。通称、三島スカイウォーク。多くの地元の企業の協力による前例のないプロジェクトとされ、全長400メートル、高さ70メートルを誇る。アトラクションも多数あり人気のスポットだ。橋の歩廊面は景色が見易いように、透過性の高いメッシュ構造のため、高所恐怖症の方にはお勧めしないが、大人も楽しめる眺望が売りだ。うなぎの蒲焼きを食べて精力をつけてから挑むべし。浜名湖から運ばれてきたうなぎは、餌なしで一週間ほど湧水にさらされる。お腹に残った餌などが吐き出され、余分な脂肪も落ち、臭みが消えるために美味しいのだという。うなぎは「生」で食べてはいけない。当然、お店でも出てこないし、食べている人を見たことはないが、血液の中に毒性のある物質が含まれているからだ。うなぎ目の稚魚ノレソレは珍味で「生」でもいけるのだが。それぞれの日本一を誇る三島。うなぎの蒲焼きも日本一美味しいと思う。

❖ 猿はいない

横須賀の三笠桟橋からフェリーに揺られること10分。東京湾に浮かぶ無人島の「猿島」は、バーベキューや海水浴で人気のスポットだ。約8千年前に使われたとされる縄文式土器のカケラが発見されるなど、歴史は古く洞窟も残っている。古くは十島《としま》と呼ばれ、日蓮が千葉から鎌倉へ向かった際に嵐に遭い、漂着したとき白猿が現れたとの伝説が由来だ。ペリー来航時に幕府が台場を造ったことに始まり、先の大戦を経て要塞の島のまま現存する。自然豊かな歴史遺産の趣だ。ガイドさんがフランス積みとイギリス積みのレンガの説明をするあたりが、シャッターチャンスだ。国の史跡・日本遺産に指定されており、レジャーにも歴史好きにも楽しめる島だ。フェリー乗り場のある三笠桟橋からは戦艦三笠が猿島を見守るように鎮座している。こちらも日本遺産で隅から隅まで見学できる。関東大震災で艦底に破孔が生じ浸水したため、座礁していた船を三笠保存会により復元され現存している。東郷平八郎の「興国の興廃この一戦にあり各員一層、奮励努力せよ」のZ旗を掲げている。Zはアルファベットの最後の文字である事から、この後はない、大成功を期する、勝利するとの意味だ。負けられない一戦への覚悟を示す旗なのだ。多くの人が猿島と戦艦三笠をセットで訪れるという。ちなみに猿島には猿はいない。ペットも入島禁止だ。

❖仙人

花や動物をモチーフにした色面と線による極めてシンプルな構成は、モリカズ様式と言われ数多くの作品を残した熊谷守一。岐阜県恵那郡の裕福な家に生まれ、父親は製糸業で成功し、岐阜県会議員など務める名士だ。守一は幼少時から画を描いていたという。父親の反対を押し切って現・東京藝術大学に入学し、黒田清輝や藤島武二に師事。同級生には青木繁などがいたが守一は首席で卒業している。日本画壇において活躍をするも、名声や名誉には無頓着で自由な制作と生活を好んだため、文化勲章も勲三等叙勲も辞退している。二科会などの美術団体への所属も途中でやめてしまうのだ。東京国立近代美術館で没後40年の熊谷守一—生きるよろこび展を鑑賞した。ユーモラスにも見えるその作品群は、そこにたどり着くまでの研究や科学者並みの観察眼で、考え抜かれた制作手法によるものであることに驚かさる。50歳をすぎた頃に現在美術館が立つ豊島区千早に住み始める。白くて長いあごひげの風貌から「仙人」のような画家と呼ばれるようになり、脳卒中で倒れてからは外出することも減り、自宅の庭や植物を描いた作品が多くなる。守一といえばネコのイメージで、数匹の猫と一緒に暮らしていたという。だからこそそのリアリティーなのだろう。絵を褒められたい有名になりたいという欲を持たず、描きたくなったときにだけ描くスタイルを貫いた孤高の画家は97年の天寿を全うする。

❖黄金比

小さな子が海できれいな貝殻を拾うと、まるで宝物でも見つけたかのように喜ぶ姿を見かける。デザインの世界では黄金比、白銀比という言葉が使われる。バランスの良い縦横比で、美しくそして心地がよいため、人の心理に働き売上や人気に直結するのだ。黄金比は縦横の比率が1対1・618（約5対8）。白銀比は1対$\sqrt{2}$（約5対7）で大和比とも呼ばれる。有名なダビンチの「モナ・リザ」は黄金比で描かれている。ロンドンのナショナルギャラリーで「雨、蒸気、速度　グレート・ウェスタン鉄道」を観たときの衝撃から20年近くの歳月が経つ。イギリスで最も愛されるロマン主義の巨匠ターナーの傑作だ。風景の詩と題したターナー展を鑑賞した。「ソマーヒル、トンブリッジ」の田園風景が黄金比で描かれている。黄金比が用いられているものには、パルテノン神殿、凱旋門、ミロのヴィーナス、クレジットカード、タバコのパッケージ、名刺、郵便ハガキ、五芒星……。白銀比は法隆寺の五重塔、銀閣寺、東京スカイツリー、A判・B判の紙、郵便ポスト、スマートフォン、キティちゃん、ドラえもん、ピカチュウ、アンパンマン、駐車場の枠……。黄金比はフィボナッチ数列となっており自然界にも多く存在する。オウムガイ、ひまわり、松ぼっくり、台風、銀河など調和とその美しさは、生存のための法則や自然界の摂理だろう。至る所に溢れかえっている。貝殻も美しいのだ。

❖ 君が代

ペリー提督率いる黒船4隻の来航により開かれた日本。その1隻、ミシシッピー号の乗組員ウィリアムズが墜死した時、ペリーによって海の見える地という条件で日本に埋葬される。横浜山手の外国人墓地の始まりだ。墓地が観光名所というのも他に余り聞かない。その後多くの外国人が来日し、イギリス公使館の軍楽隊長フェントンもその1人だ。明治2年にヴィクトリア女王の次男エディンバラ公アルフレッドの来日あたり、フェントンは式典で演奏するための国歌を政府に作るべきだと助言し、自ら作曲を申し出たという。このときのメロディーと現在のものは違う。まぼろしの君が代、初代、2代目と諸説ある。そして歌詞は薩摩藩の大山巌らが相談し、薩摩琵琶曲の蓬莱山の一節から「君が代」が選ばれたという。元々は古今和歌集にあるものだ。深川越中島において明治天皇の御前で薩摩バンドにより初演されている。フェントンと薩摩藩士30人が練習をした地、横浜妙香寺には日本吹奏楽発祥の地と、君が代発祥の地の碑が建てられている。また入来神舞の薩摩川内市入来町の大宮神社も、君が代発祥の地として「さざれ石」が祀られている。不思議なことに「君が代」が正式に国歌となるのは平成11年のこと。外国人墓地にはフェントンの最初の妻アニー・マリアも永遠の眠りについている。墓地内は通常非公開だが募金をすると入苑することができる。

❖ 猪目

女性の心をくすぐるハートマーク。心臓の形のイメージだが、モチーフになったのは植物の種。諸説あるうちの一つだが、古代ギリシャで栽培されていたシルフィウムというハーブの種がハート型をしていたことに由来する。トランプで季節を表す、クラブの春、ダイヤの夏、ハートの秋、スペードの冬。赤は昼、夜は黒。そこからハートは赤のイメージが強いが、色によって様々な意味を持つともされる。千葉県の君津にハートマークが見られるとして人気のスポットがある。濃溝《のうみぞ》の滝の亀岩の洞窟だ。洞窟の奥から日の光が差し込む情景がそれだ。3月と9月のお彼岸の時期の早朝が良いとされ、水面に光が反射してハートマークの光が浮かび上がるのだ。この貴重な一瞬を求めて人が集まる。残念ながら見ることはできなかったが、自然の中をのんびり散策するのもいいものだ。遊歩道には幸運の鐘なるものも用意されていた。ハートマークは日本では古い書物に猪目として描かれており、伊藤若冲の「動植綵絵―老松白鳳図」にも赤・緑で描かれたり、また魔除けや福を呼ぶ護符とされ、縁起が良い文様として建築装飾にも使われる。東京大神宮の神門扉、神田明神の社殿屋根、大國魂神社の手水舎の柱など、こっそりとハートマークが忍んでいる。これを目当てに訪れる女子たちを魅了する。

❖ヤッホー

人は何故、山など高い場所に登るとヤッホーと叫びたくなるのか。ヤッホーの由来は諸説ある。ヨーデル説、海の男たちの掛け声説、ドイツの登山者同士の挨拶説、英語圏で興奮したとき巻き起こる歓声説。いずれにしてもヤッホーには応答がある。山や谷などにあたり音が返ってくる現象だ。山の精霊と捉えると山彦《やまびこ》、樹木の霊の仕業と捉えると木霊《こだま》だ。千葉県にある低山の鋸山。尾根の形が鋸の歯のようにギザギザしていることに由来する。房州石の石切り場で加工しやすく、耐火性に優れていることから建築用石材として、日本の近代化に貢献するもセメントの登場により徐々に衰退していく。鋸山の大部分は東京ドーム7個分という日本寺の境内で、大仏様、百尺観音像、千五百羅漢像、樹齢800年の蘇鉄など見応えがある。100メートルの高さの断崖絶壁からの地獄のぞきはスリル満点だ。山頂からは浦賀水道や富士山も眺めることができ関東の富士見100景だ。その山頂に「ヤッホー！」の看板が……。叫べという。大自然の中での絶叫は気持ちがいい。ちなみに「YAHOO！」は「ヤッホー！」ではない。スウィフトの『ガリヴァー旅行記』に登場するならず者だ。親しい仲間との挨拶が「ヤッホー」だ。なぜなら「ヤッホー」とこだまするから。大自然ではなく、照れ隠しでもあるため、小さな声でやるのがマナーだが。

❖昼食

エルミタージュ美術館が、ロシアとフィンランドとの国境近くのフィンランド湾のサンクトペテルブルクにあるのに対して、綺麗な円形状の道が囲むモスクワの街の中心部にあるプーシキン美術館。ロシア革命により国有化され、詩人で作家のアレクサンドル・プーシキンの名を持ち、ロシアがあこがれたフランス絵画コレクションで知られる。東京都美術館でプーシキン美術館展―旅するフランス風景画展を鑑賞した。革命前にモスクワで財をなした、セルゲイ・シチューキンとイワン・モロゾフが収集したコレクションを中心に、17世紀半ばから20世紀初頭のフランスの近代風景画65点が展示され、エドゥアール・マネの「草上の昼食」は時代を象徴する作品だ。また26歳時のクロード・モネの「草上の昼食」が初来日している。アンリ・ルソーの「馬を襲うジャガー」は、死没の半年前に描かれた一連のジャングルを舞台とした作品だ。見ただけでそれがルソーの作品とわかるほど、葉っぱの1枚1枚が丁寧に描かれており、ジャガーに捕まった白馬は、いったい何が起きているのか理解できていないような、そのつぶらな瞳がルソー好きにはたまらない。そんなルソーのニューヨーク近代美術館に所蔵される「眠れるジプシー女」の現物も見てみたい。チャンスは没後120年の2030年か、生誕200年の2044年あたりか。来日を待ち兼ねる。私の事務所にあるリトグラフだけでは物足りない。

❖ コントラバス

名付けの親は富士急行創設者の堀内良平。山梨県の富士五湖だ。山中湖、河口湖、本栖湖、西湖、精進湖の5つの湖は、世界遺産の富士山——信仰の対象と芸術の源泉の一部として、世界文化遺産に登録されている。古くは宇津湖、せの湖、旧河口湖、明見湖の4つだった。約1100年前に、宇津湖が山中湖、忍野八海に、明見湖は盆地になり、せの湖が本栖、精進湖、西湖に分かれたという。その河口湖は周囲が最も長く、水面標高は一番低い。富士五湖で唯一無人島の鵜の島があり、その島内に鎮座する「うのしま神社」には弁天が祀られている。平成7年に富士河口湖町で、観光資源と文化・芸術を融合させた町づくり、視、聴、嗅、味、触の五感文化構想のもと河口湖ステラシアターが完成する。収容約3000人の古代ローマ劇場のような、すり鉢状の客席空間の先には緑の芝生と森、そして富士山が見える野外大ホールだ。平成19年には可動屋根も設置され、野外音楽堂と屋内施設の両方のメリットを併せ持つ、国内では他に類を見ない施設だ。舞台に落としたコインの音が最上階の客席でも聴こえるという。息子がコントラバスを演奏する吹奏楽のコンサートを鑑賞した。富士山や河口湖と並ぶ新たな町のシンボルだ。河口湖ステラシアターの建設にあたり、ミュージシャンの玉置浩二が建設現場を視察し「こんな劇場で歌ってみたい」と絶賛したとかしないとか。

❖師走

忠臣蔵とベートーベンの第九といえば師走の風物詩だ。討入りから50年後に、歌舞伎仮名手本忠臣蔵が上演され、赤穂四十七士として後の世に伝わる忠臣蔵は、亡き主君の無念を晴らすべく、武士道のあだ討ちが美談として描かれる。赤穂藩主浅野家の菩提寺泉岳寺に義士たちは眠る。毎年12月14日に行われる赤穂義士祭には多くの観光客が訪れる。しかし赤穂事件から時が流れ、討ち入りを美談と捉えるのは時代錯誤として徐々に消えつつある。そもそも忠臣蔵は脚色された物語で、浅野家の悲劇ばかりが強調され、被害者である吉良は呉服橋の一等地から江戸郊外の本所に移されたうえ、悪人扱いに甘んじている。本来あだ討ちは親族のために行うことが多い。本所から泉岳寺までのパレードを意図的に演出し、浪人生活からの脱却だったとも言われ、浅野内匠頭は短慮で女性に目がなく、評判は芳しくなかったとの指摘は興味深い。吉良は愛知県吉良町で治水事業の黄金堤など赤馬の名君とされる。汚名返上とばかりに、毎年12月14日の命日に菩提寺の華蔵寺で法要が行われる。一方の第九は昭和18年に現・東京藝術大学で学徒壮行音楽会で演奏され、さらに昭和26年に現・N響が演奏したことから浸透したものだ。シラーの詩「歓喜に寄す」のよろこびは年末に相応しい。チケットの売れ行きも期待して……。日本だけらしいが師走の風物詩だ。

❖素晴しき白

おかっぱ、丸メガネ、金のイヤリング、独特の風貌で描く裸婦像が1世紀前の西洋画壇で絶賛された藤田嗣治。見るものを魅了する「乳白色の肌」と称される肌質感の再現は、独特の技法で描かれており、作り方を語らぬまま鬼籍に入ってしまう。単身フランスに行きエコール・ド・パリを代表する画家に上り詰めたが、当時、二重国籍を認めない日本にあって、69歳でフランス国籍を取得した際に日本を捨てたとの批判を浴びる。晩年には戦争に翻弄されるも、その生涯の半分をフランスで過ごす。日本とフランスに5人の妻がいたが子どもを持つことはなかった。レオナルド・ダ・ヴィンチへの尊敬から、洗礼名はレオナール・フジタ。ランスの礼拝堂にフランス人として婦人とともに眠っている。没後50年の史上最大級の回顧展を鑑賞した。近年の研究による成分分析の結果、紫外線によって赤、緑、青に蛍光発光する硫酸バリウム、炭酸カルシウム、鉛白、ベビーパウダーに使用されるタルクなどが素晴らしき白の秘密として解明されつつある。しかし美術館の中では紫外線が届くことはなく、実際に絵を見ても読み取ることはできない。武家の血筋を受け継ぎフランスの地において絵筆で闘った侍として後世に名を残す。また父親がエリートでありその血筋がスゴイのだ。竹下登、金丸信、小沢一郎、日産の鮎川義介、トヨタの豊田喜一郎、三井財閥の三井高棟、安田財閥の安田善次郎、はたまた加山雄三、三島由紀夫、オノ・ヨーコ。全て嗣治と繋がるという。恐るべし。

❖ 神の使い

神の使いとされる鹿。奈良時代に茨城県鹿嶋からタケミカヅチノミコトが、白い鹿に乗ってやってきたという言い伝えのある奈良の鹿。その鹿8頭を大正時代に地元の呉服商たちが、春日大社から譲り受けたことに始まる神鹿園がある伊豆国一宮の三嶋大社。創建は不明とされるが、延喜式神名帳にも記載される古社で、唐破風造りの神門をくぐったその先で、樹齢1200年とされる巨大なキンモクセイが訪れる者を出迎える。ご祭神は大山祇命と積羽八重事代主神の二柱の三嶋大明神で、三島の由来だ。徳川家康や源頼朝などから篤い信仰を集め、商売繁盛から勝負運まで参拝者で絶えない東海随一の神格を与えられている。境内には富士山の噴火により運ばれたとされるたたり石があり、行き交う人の流れを整理する役目を果たしていたという。旧東海道と下田街道の真ん中にあり、取り除こうとする度に、災いがあったため祟りの名が付く。また頼朝が休んだとされる腰掛石もあり、座ってみた。高さはほどよい。大正8年にやってきた鹿8頭は、地元の人たちに大切にされ、100年の歳月を経てその子孫たちは40頭になっているという。

❖プリンセス

大阪城が真っ赤に染まるとき、危機にさらされた全大阪が停止し、大阪国の男達が一斉に立ち上がる。万城目学の関西三部作の一つ『プリンセストヨトミ』だ。かつては海に囲まれた半島だった上町台地の北端部、浄土真宗本願寺派中興の祖、蓮如による一向宗の石山本願寺があった場所に、豊臣秀吉により築城された大阪城。徳川時代の始まりをつげる大坂の陣の舞台だ。後に幕府によって再築されるも明治維新で再度の焼失。昭和6年に市民の寄付で再建された天守は3代目で、これが現存する。鉄筋コンクリート造りで桜門から見るエメラルドグリーンの屋根は見事だ。大阪城の歴史にかかわる豊富な文化財が収蔵されており、最上階の8階の展望台から見る大阪の街の眺めは最高だ。全く同じではないが、天下統一を果たした豊臣秀吉も見ていた光景だ。周りの大阪城公園もきれいに整備され市民の憩いの場だ。調査により地中に眠る豊臣大坂城の遺構が明らかにされている。そんなロマンをくすぐる場所だ。会計検査院の調査官により国家予算の謎が徐々に解明され、明治維新のときに日本政府と大阪国が交わした密約が明らかに……。400年続く大阪の大人の男だけが知る秘密、トヨトミの子孫のプリンセスを守るための父と息子の絆の物語。史実にはない太閤さんの城を愛する大阪の人たちのファンタジーだ。ネタバレです。

❖ ガンダーラ

♪　そこに行けば　どんな夢もかなう……。ゴダイゴの唄うガンダーラは現在のパキスタン北部ペシャーワルあたりの地域だ。東西の文明が出会うこの場所にインド仏教が伝わり、そこにギリシャ・ローマの彫刻技法が結びついたことにより、仏像が作られ、はじめて仏が目に見える形になったのだ。紀元1世紀から5世紀ごろにかけて繁栄したガンダーラ美術の最大の特徴だ。インドとネパールの国境あたりに、仏教の四大聖地とされる釈迦の生誕の地ルンビニ、悟りの地ブッダガヤ、初説教の地サールナート、涅槃の地クシーナガラがある。世界四大宗教のうちの一つの、バラモン教が発展したヒンドゥー教と仏教を生み出したインドは、1757年からイギリスの植民地となる。そんな統治下で1814年にアジア最古の総合博物館が開館する。その収蔵品は10万点を超えるという。特別展コルカタ・インド博物館所蔵―インドの仏―仏教美術の源流を鑑賞した。バールフット遺跡の出土品、ガンダーラの仏像、マトゥーラの仏像、グプタ朝の仏立像、特に弥勒菩薩坐像は見事だ。現在のインドは世界に約11億人の信者がいると言われるヒンドゥー教が人口の8割を占め、仏教が遠く離れた日本に根付いているから不思議だ。今、牛を守る法律制定に揺れているという。7世紀に西遊記のモデルとなった唐の仏僧玄奘三蔵が訪れたという。……愛の国　ガンダーラ　♪

❖ まぼろし

湘南と言えば茅ヶ崎から葉山あたりをイメージする方も多いと思われるが、鴫立庵の敷地内に建てられた石碑の銘文から、江戸時代から大磯が湘南発祥の地とされている。湘南はもともと中国の湖南省を流れる湘江の南部のことで、大磯の景色が似ているとのことから、その名が付けられたという。その湖南省湘潭県の農家に生まれた中国で最も愛されている近代画家斉白石《せいはくせき》。日中平和友好条約の締結40周年を記念し、日本初公開となる北京画院が所蔵する中国近代絵画の巨匠―斉白石展を鑑賞した。花木、鳥獣、昆虫、魚蝦、山水、神仏、書、篆刻と様々だが、伝統に縛られない個性が魅力で、特に大胆に余白を使う構図が多くの人に愛されているのかもしれない。神奈川県湘南市。そんな地名はない。しかし平成の大合併のとき誕生していたかもしれないのだ。神奈川県平塚市、藤沢市、茅ヶ崎市、高座郡寒川町、中郡大磯町、二宮町の6市町の合併構想があり、実現すれば神奈川県内で人口を多く有する3番目の都市になっていたという。県内に4つの政令市、横浜市、川崎市、相模原市、湘南市がまぼろしと消えた。その代わりといってはなんだが、このエリアには無念とばかりに湘南ナンバーの車が颯爽と走る。

❖「ぞ」

小さな男の子が動くものに興味を示すのは、性別を意識し始めるころに車や電車、飛行機など乗り物のおもちゃで遊ぶことを、男らしいと思うからだ。と心理学者たちは言う。いやホルモンや脳の構造上の生物学的な要因からだとの研究もある。「飛び出すな　車は急に　止まれない」などの標語が道にあふれていた高度経済成長期。この時期は車の交通戦争と呼ばれ、便利さと引き換えに多くの命が犠牲になった。鉄道好きを鉄ちゃんなどと呼ぶが、ではトリ男は。飛行機好きを言うらしい。そんな飛彦たちが集まる羽田空港。第三ターミナルができて便利さが増し、空港は飛行機に乗るためだけではなく、遊びに行く場所ともなった。それなりに楽しめる。空オタたちが飛び交う飛行機を撮影していた。交通戦争から今はＡＩ時代になった。先頭を切ってすでに鉄道は無人で走っているところもある。ドローンも飛ぶ。米軍の制空圏がある東京23区の上空を旅客機が飛ぶようになったが、飛行機も無人で飛ぶ時代が来るのか。日本経済新聞の春秋欄で大島三緒は言う。今は一文字変えて、子どもに向けた「飛び出すな」ではなく、運転手に向けた「飛び出すぞ」の時代だと。うまい！　思わず心の中でつぶやく「山田くん、座布団一枚持ってきて」。車も自動運転の時代を迎える。車輌製造に携わる大人になった男の子たちに告ぐ。ＡＩに教え込む標語は「な」ではなく「ぞ」だ。

❖ 切ない青

「描くことは、祈ることであるとは、終始一貫して私の信条である」。昭和を代表する国民的風景画家の東山魁夷。雅号の魁夷は、温和な東山に対する反発の意味を込めて自身で付けたと言う。晩年の御射鹿池で描かれた「白馬」は誰もが目にするところだ。動物が描かれた作品は多くはないが、幻想的な作風は日本人の心を和ませ続けている。生誕100年の東山魁夷展を鑑賞した。どの作品も秀作であるが、唐招提寺御影堂障壁画を完全に再現した作品群は見事だ。特に魁夷、初となる水墨画「揚州薫風」は、より幻想的な境地に達している。「残照」で脚光を浴び、代表作「道」で確固たる地位を築いた。先の大戦で母と弟を亡くし、自身も従軍している。失意の底から画家の人生が始まるのだ。魁夷の絵に人は描かれない。戦争体験の喪失感からなのかもしれない。東山ブルーがクールというより、寂しげでひっそりとした感じを与えるのだ。切ない色だ。「人生の大半を旅をして過した。生きていること自体が旅である。どこからかこの世にやって来た私は、やがて、どこかに消え去って行く」。人生の終わりに辿り着いたその道の先で、89歳で描いた絶筆「夕星」の風景の中、空に浮かぶ一つ星そのものが魁夷自身であるのかもしれない。従三位、勲一等瑞宝章の巨匠は、二十一世紀を見ることなく長い旅を終えている。

❖ 王宮

江戸の町からは富士山、浅間山、筑波山が見えていた。戸矢学はその富士山と筑波山を結ぶラインと、浅間山と冬至の日の日の出を結ぶラインの交点を天心十字法という。その地にある武蔵国の一宮氷川神社。2400年以上の歴史をもち、関東に280社ほどある氷川神社の総本社だ。氷川神社にはスサノヲを、7キロ離れた氷川女体神社にはその妻の奇稲田姫を、またその中間地点にある中山神社（中氷川）には、その子の大己貴命が祀られている。合わせて氷川三社と言われ、冬至の日の日の出のライン上に一直線に並び、日の出の方向を向いている。現在は干拓され規模は小さくなったが、氷川三社は広大な見沼のほとりにあったのだ。三社を歩いて巡ったがかなりの距離だ。古には見沼は御沼。大宮は王宮。元旦に行われる国家安寧、五穀豊穣を祈願する四方拝は、皇室の私的な行事であるが伊勢神宮、熱田神宮、鹿島神宮、香取神宮、石清水八幡宮、上賀茂神社、下鴨神社などとともに氷川神社が含まれる。人気のパワースポットだ。氷川の名は諸説あるが、氷川大宮縁起や新編武蔵風土記稿に「出雲の国の杵築（出雲）大社を遷して氷川神社の神号を賜ると伝わる」と記され、出雲の斐伊川《ひいかわ》に由来する。神紋の八雲が使用されていることからもそれがうかがえる。山下公園の氷川丸の船名や、船内のアール・デコ様式の内装の神紋の八雲はここに発する。

❖ だるま

だるまさんがころんだ。地域により呼び方も様々で、海外でも同じような遊びがあるという。そんなだるまさんを展示する、奇想の系譜展─江戸ミラクルワールド展を鑑賞した。若冲ブームの火付け役で、瑞宝重光賞を受章した辻惟雄が、半世紀前に著した『奇想の系譜』で紹介された岩佐又兵衛、狩野山雪、伊藤若冲、曽我蕭白、長沢芦雪、歌川国芳、そこに白隠慧鶴、鈴木其一を加えた8人の画家の競演だ。蕭白の「富士・三保松原図屏風」、芦雪の「秋景山水図」、其一の「藤花図」、なかでも臨済宗中興の祖とされる禅僧の白隠は、若冲、蕭白、芦雪らに影響を与えたとされ、その絵画点数は1万点を超える。「達磨図（萬壽寺）」は黒と赤のコントラストが印象的で、自賛に「直指人心見性成仏」とある。「教説や修行ではなく、坐禅により自分の心の本性を見極め、悟りを開いて仏と成ること」（大辞林）という意味だ。達磨大師がモデルとされるだるまさんは、目標達成、商売繁盛などの願い事をするときに左目を、成就したら右目を入れる。縁起物として古くから伝わるものだ。江戸時代に流行した天然痘により失明する子が多ったため、少しでもいい目をとの願いから始まったという。洞窟にこもり壁に向かって修行すること9年。使われなくなった手足は腐り落ちたことから、だるまさんには手足がない。現在のイメージとはちょっと違うのだ。ちなみに手足はないので、だるまさんはころばない。

❖ 令月にして風和ぎ

令和だそうだ。新しい時代への期待も高まるが、戦争の昭和、災害の平成、そして令和は。少子高齢化はこれからが本番、決して安穏とはしていられない日本。今を生きるものの責務は、おのずからあきらかだろう。平成の最後も佳境に入り、30年を振り返る特別展―御即位30年記念の両陛下と文化交流―日本の美を伝える―展を鑑賞した。収穫への感謝、五穀豊穣を願う新嘗祭。即位の礼の後に初めて行われた大嘗祭で制作された「悠紀《ゆき》・主基《すき》地方風俗歌屏風」が公開された。悠紀は東日本、主基は西日本から選ばれることになっている。京からみての東西だ。過去に風俗歌屏風を担当したのは、大正時の悠紀は愛知県で野口小蘋、主基は香川県で竹内栖鳳、昭和時の悠紀は滋賀県で川合玉堂、主基は福岡県で山元春挙、平成時の悠紀は秋田県で東山魁夷、主基は大分県で高山辰雄だった。どの作品も素晴らしい。そして令和は11月14日から行われるが、誰が担当するのかについてはまだ発表されていない。令和まであと1か月。どんな時代になるのであろうか。

補記　令和の屏風は、悠紀は栃木県で東京藝大名誉教授の田渕俊夫。主基は京都府で金沢美術工芸大名誉教授の土屋礼一が担当した。

❖道なき道

いけないことをしているような感覚に襲われる。しかし開放感と爽快感がたまらない。看板はないが暗黙のルールのようなものがある。国内唯一、世界でも珍しい、車両が波打ち際を走ることができる千里浜なぎさドライブウェイ。羽咋市千里浜町から宝達志水町今浜までの8キロだ。昭和30年に水揚げした魚を運搬するトラックを見て、地元の観光会社がバスを走らせたのが始まりとされる。近年は現代アートを楽しめるスポットとしても脚光を浴びる金沢。北陸新幹線も開業し、NHKの朝ドラ「まれ」の効果も相まって、立国1300年を迎える能登は景気が拡大しているという。金沢といえば加賀百万石の前田の殿様。その居城である金沢城には天守がない。前田利家入城から3年で落雷のため焼失、財政的に苦しかったため再建はされなかったそうだ。百万石なのにと思うが、すでに平和な時代には必要なかったからだ。天守はなくても兼六園、ひがし茶屋街、近江町市場などが多くの人を寄せ付ける。千里浜なぎさドライブウェイの砂浜は、粒子が細かく海水を含むため硬くなっているのだ。ダイラタンシー現象と呼ばれる。砂が白い部分は水分がすくないため走行は禁止。天候が荒れているときは通行止め。年々砂浜が狭まっておりいずれ車が走るスペースは無くなる可能性があるという。今のうちかもしれない。

補記　令和6年の能登半島地震より前のコラムです。

❖ 里帰り

白妙、苔清水、関山、一葉、鬱金、天の川、楊貴妃、御衣黄、駿河台匂、松月、泰山府君、普賢象、福禄寿……。ピンと来る方はいるだろうか。あえて染井吉野は省いてみた。荒川堤の五色桜に咲く桜の種類だ。ここは明治期には桜の名所だった。ピンクの関山、白の白妙、黄色の鬱金、紫の柴桜、黒の薄墨などの淡彩色や濃紅色が、五色の霞がたなびくように見えることに由来する。この桜は明治45年に尾崎東京市長からワシントンへ寄贈され、ポトマック河畔に植樹されている。昭和5年に荒川放水路が完成し、先の大戦後には薪としての伐採が続き、昭和22年頃には五色桜は姿を消していく。時を経て昭和56年に、寄贈したポトマックの公園から桜の枝を採取し、3千本の桜が里帰りする。このときワシントン桜まつり名誉会長のナンシー・レーガン大統領夫人から、1本の染井吉野が足立区に寄贈され、レーガン桜と呼ばれ、舎人公園に植樹される。平成20年の桜づつみ整備計画により、平成五色桜オーナー制度で寄付金を募り、荒川左岸土手に桜が植樹されていき、平成28年にあだち五色桜の散歩みちとして復活をとげる。鹿浜橋から西新井橋あたりだ。台風19号が猛威を振るい関東も被害が出た。暴れ川の荒川の水は幸いにも堤防を越えなかったが、いつも野球を行っている西新井橋の河川敷のグラウンドは水没した。ゴミや土砂、ヘドロが残り暫く野球はできない状況になった。五色桜は難を逃れている。

❖ うどん派

ごぼう、大根、里芋などを胡麻油で炒め、だし汁を加え醤油や味噌で味付けされたけんちん汁。建長寺の開山蘭渓道隆が発案した建長寺汁、建長汁、けんちん汁だ。崩れた豆腐は誤って落としたそうだ。鎌倉五山の第一位の建長寺は、建長5年（1253）に5代執権北条時頼が開基した、日本で初めての禅専門道場、臨済宗建長寺派大本山だ。正式名称は巨福山建長興国禅寺。もともと地獄谷と呼ばれる罪人の処刑場だったところで、その顔ともいえる三門は荘厳で、梵鐘は国宝だ。それを見た漱石は「鐘つけば　銀杏散るなり　建長寺」と詠んでいる。それに応えたのが子規で「柿くへば　鐘が鳴るなり　法隆寺」を発表する。後世に亀山上皇よりおくり名された大覚禅師号は、わが国で最初の禅師号である。開山蘭渓道隆その人だ。平成12年に奉納された法堂の天井画「雲龍図」は見事で、京都五山の建仁寺の「双龍図」とともに小泉淳作の代表作。鎌倉の6つのハイキングコースの中でも、建長寺の境内から続く天園ハイキングコースは、鎌倉市の最高峰の大平山を通過する人気のコースで、鎌倉十王岩は鶴岡八幡宮のちょうど真裏に位置し、そこからは鶴岡八幡宮から海まで続く若宮大路が見える、かながわの景勝50選に選ばれる素晴らしいビューポイントだ。山を登るのは大変なのだがご褒美も待っている。冬に食べたくなる精進料理けんちん汁。私は蕎麦よりうどん派だ。

❖ 三拍子

天使の歌声と称されるウィーン少年合唱団は１４９８年の創設というから驚きだ。そしてウインナ・ワルツといえば三拍子。ハイドン、モーツァルト、シューベルト、ブルックナー、ヨハン・シュトラウスⅡ世、マーラーなど錚々たる天才を輩出するオーストリアのウィーン、ザルツブルクはクラシックの聖地だ。その地はヨーロッパの歴史の舞台でもありハプスブルク家の歴史でもある。日本と修好通商条約を締結して１５０年。ハプスブルク展―６００年にわたる帝国コレクションの歴史展を鑑賞した。ディエゴ・ベラスケス「青いドレスの王女マルガリータ・テレサ」の青いドレスは見事だ。近親交配が多い王家の独特の身体的特徴であるハプスブルク家のアゴは、展示の絵画にも見られる。オーストリアの国名は「東の国」を意味するオストマルクからだ。そこからさらに遠く離れた「東の国」の日本人には三拍子が取りづらいと言われる。ゆえに作曲される数が少なくヒット曲も少ないのだ。いつも何度でも（木村弓）、雨のち晴レルヤ（ゆず）、部屋とYシャツと私（平松愛理）、知床旅情（加藤登紀子）、めだかの兄妹（わらべ）……数えられるほど。しかし、この三拍子へのこだわりが強いのが中島みゆきで、その数は群を抜ており提供曲も多い。あばよ（研ナオコ）、この空を飛べたら（加藤登紀子）……。私の身体の半分は「みゆき」で出来ていると言っても過言ではない。そして残り半分は――　！　ズンチャヤッチャヤ　♪　ズンチャヤッチャヤ　♪

❖朱色

江戸時代から奉納が始まり、魔除けの朱色が見事な千本鳥居。全国に3万社あるといわれる総本宮の伏見稲荷大社。通称、お稲荷さんだ。ご祭神は稲荷神で商売繁昌、五穀豊穣の神として庶民の信仰を集める。山城国風土記に伊奈利とあり稲荷の好字が当てられていく。日本書紀に秦の始皇帝の子孫という伝承があり、多数の民を率いて渡来した弓月君とされる秦氏が、深草の長者として住みつき絹織物の技、記録、出納、徴税、外交事務などに秀で小豪族として律令国家建設に関わっていく。餅を的にして弓を射たところ、餅は白鳥に化し飛び降りたったところに稲が生じたことからイナリ社が始まったとされる。大量の稲を収穫して富裕となった秦氏は、桂川の大堰を築堤し、藤原氏と姻戚関係を結び長岡遷都、平安遷都の中枢を占めていく。その名は太秦に残る。伏見稲荷大社の楼門前の阿吽のキツネ像は玉と鍵を咥える。正式にはキツネではなく稲荷神の眷属で白狐だが、玉鍵信仰と呼ばれる霊徳の象徴で、玉は稲の霊魂、鍵は稲を刈る鎌とある。花火の「たまや〜」「かぎや〜」はこれに由来する。知恵の象徴の巻物、五穀豊穣の象徴の稲穂を咥えるキツネもいる。ご利益があるとされる達成のかぎも授かれる。境内にある鳥居は1万基とも言われ、願い事が叶った感謝の朱色の鳥居が増えていく、まさにパワースポットだ。

❖文明開花

ペリーの来航により鎖国が終わりをつげ、江戸が東京になり元号が明治へ。文明開化により急速に近代化が進む。郵便制度、廃藩置県、鉄道開通、徴兵令、西南戦争、大日本帝国憲法……欧米諸国に伍せとばかりに。そんな明治時代にタイムスリップするかのようなところが、昭和40年に愛知県犬山市の入鹿池の丘陵地に博物館・明治村として開村する。明治の遺産である歴史的建造物を移築、復元し保存されており、その数60あまり。谷口吉郎と名古屋鉄道当時の社長の土川元夫の2人の同窓生の情熱によるものだ。帝国ホテルの中央玄関、森鴎外・夏目漱石住宅、宮津裁判所法廷、金沢監獄監房・正門、内閣文庫、川崎銀行本店、隅田川新大橋、呉服座……。切りが無いが、重要文化財となっているものも多く、村は1丁目から5丁目と整備され、全部を見ようと思うと1日かかる。明治6年の人口は３３４０万人。１００年後の昭和42年には1億人となった日本。このときから物価は38倍だそうだ。１日が24時間、１年が３６５日、鉄道が走り、散切り頭が洋装で、馬車に乗り、ガス灯がともるレンガ造りの建物で、学問のすすめを読む。現代の比ではないくらい生活は一変したに違いない。散髪脱刀令「半髪頭を叩いてみれば　因循姑息の音がする　総髪頭を叩いてみれば　王政復古の音がする　ざんぎり頭を叩いてみれば　文明開化の音がする」。明治村に行くと肌で感じる。

❖一等地

皇居と明治神宮のちょうど真ん中あたりに赤坂御用地がある。皇居の半分ほどの面積の都心の一等地だ。かつて紀州徳川家の江戸中屋敷のあった場所で、当主徳川茂承がその西の部分を明治5年に皇室に献上したところだ。ここに明治42年に日本では唯一のネオ・バロック様式による宮殿建築物の東宮御所が完成する。設計総指揮は片山東熊で、室内装飾担当は黒田清輝、浅井忠、今尾景年、渡辺省亭、濤川惣助と錚々たるメンバーだ。昭和49年には本館を村野藤吾が、そして谷口吉郎が担当する日本風の別館の游心亭が新設され、迎賓館として新たな歩みを始める。平成21年に国宝指定された迎賓館赤坂離宮だ。関東大震災も潜り抜けている。諸外国の元首や王族等の接遇に供される国の施設だが、左右対称の両翼を前方に張り出した曲面の外観もさることながら、朝日の間、彩鸞の間、羽衣の間の部屋も素晴らしく、特に花鳥の間、小宴の間にある渡辺省亭が下絵を担当し、濤川惣助による国宝の七宝焼き32枚は見事だ。平成28年からは通年で一般公開されている。赤坂御用地は入ることはできないが、北西側に仙洞御所、青山通りに近い南側に秋篠宮邸、三笠宮邸、三笠宮東邸、高円宮邸があり、その間は旧赤坂川の谷で隔てられているという。別邸が葉山、須崎、那須にあり、那須御用邸は那須平成の森として一般公開されており、邸内や森を散策ができる皇室を身近に感じる場所だ。

❖ 明々巍々

群馬県を代表する赤城山、榛名山、妙義山をあわせて上毛三山といわれる。その妙義山は３百万年前までの火山活動による溶岩などが、長い時間をかけて浸食され、硬い部分だけがノコギリの歯のように残り、そのダイナミックな景観が人々を魅了する。日本三大奇勝の一つに数えられ、古来、山岳信仰の対象とされた。大きく威厳があるという意の明々《めいめい》巍々《ぎぎ》が名前の由来とされる。その妙義山の東山麓に妙義神社があり、創建はまだ元号のない時代の５３７年。ご祭神は日本武尊、豊受大神、菅原道真、権大納言長親卿の四柱が祀られているが、古くは波己曽《はこそ》社と呼ばれ、波己曽大神を祀り、現在も境内に県指定重要文化財として残っている。「波」は岩、「己曽」は社で、岩山をご神体としていたことが分かる。江戸時代には歴代将軍の崇敬も篤く、神仏習合で石塔寺もあり、江戸東叡山寛永寺の座主輪王寺宮の隠居所でもあった。隋神門、唐門、本殿、幣殿、拝殿など彫刻は、日光東照宮の彫刻師が彫ったと伝えられ見事だ。本殿までは山を登るのだが、１６５段を一気に登る男坂と、遠回りをするが、ゆっくり登れる女坂が用意されている。どちらを登るかは「明々」だが、いや失礼「銘々」だが、いずれを登っても唐門から見るすばらしい眺望がまっている。

❖ 八雲立つ

天照大神と須佐之男命の誓約《うけい》により勾玉から長男の天忍穂耳命と、二男の天穂日命が生まれる。長男の子が天孫降臨した邇邇芸命で皇室に繋がり、祭司の二男が出雲に繋がる。古事記では天照大神は、出雲に国を譲るよう求め、大国主神の子の事代主神と建御名方神は降伏する。その代わりに、住む所として天の御子が住むのと同じくらい大きな社殿を建てるよう求める。出雲大社の始まりだ。延喜式神名帳では杵築大社。舎人親王が中心となって編纂した日本書紀が成立してから1300年。特別展出雲と大和を鑑賞した。出雲大社の大国主神は幽、人知の能力を超えた世界、いわば神々の世界を司り、天皇は大和の地において顕、目に見える現実世界、政治の世界を司るという。展示のほとんどが国宝、重要文化財だ。出雲大社本殿の10分の1の模型や、平成12年に境内から見つかった巨大な杉の柱は見るものを圧倒する。スケールの大きさを想像させるには十分だ。「2千年を超える時を経て、今日を迎えたことに深いご縁を感じる」と、高円宮家と出雲大社の千家家の間で婚姻がなされたことは記憶に新しい。天照大神の長男の子孫と、二男の子孫とが結ばれたことを意味する。天穂日命から17代目のときに出雲の姓が始まり、兄弟争いによって55代目から千家と北島に分裂しているが、いずれにしても天皇家は126代、出雲千家家は84代、出雲北島家は79代。悠久の時の流れだ。

❖ 中央線あるある

東京駅から高尾駅までを走るＪＲ中央線。中野駅から立川駅は一直線だ。23キロほど市街地を貫く。ＪＲ中央線の前身、甲武鉄道が甲州街道沿いに蒸気機関車を引こうとした際、煙が迷惑だとして住民に反対され計画路線を変更されたという説や、工事を担当者した仙石貢が地図に線を引いたからなど説がある。いずれにしてもこの間は電車が揺れることはなく快適だ。そんなＪＲ中央線が走る八王子市の豊田駅と八王子駅の中間あたりに京王線の長沼駅がある。京王線で一日の乗降客が一番少ない駅とされるが、それもそのはず東京ドームの7倍ほどの広大な長沼公園があるからだ。自然そのままで、高低差が１００メートルほどある丘陵地の公園だ。平成天皇が学習院時代にハイキングで訪れたという鎌田鳥山もある。この店を目当てに長沼公園へ訪れる人も多くいる。公園は広いためくれぐれも迷子にならないように。ＪＲ中央線に一寺一度という法則がある。高円寺、吉祥寺、国分寺、八王子の「じ」で終わる駅名に由来する。冬に新宿から西に向かうと、「じ」が付く駅ごとに気温が一度ずつ下がるというＪＲ中央線あるあるだ。八王子だけは一直線上になく寺でもない。牛頭天王の八人の王子に由来するのでお間違えなく。

❖ 150センチ

大谷川に架かる神橋を渡ると、二社一寺の神仏が宿る神聖な場所に入る。神橋は蛇橋とも呼ばれ日本三大奇橋の一つともされる赤が印象的なはね橋だ。二社一寺は江戸の鬼門に位置し多くの観光客で溢れかえる日光東照宮、日光二荒山神社、日光山輪王寺だ。見どころは満載でパワースポットとされる場所も多い。その一つ陽明門の前にある石畳の1枚がエネルギーの通り道とされ、その石の上に立つと鳥居の中に陽明門がピタリと収まる。しかしこれは身長150センチの方だ。昔の日本人は背が低かったためで、現代人にはピタリとこないので、並んでしゃがんでとなる。陽明門は夜になると真上に北極星が来るように設計されており、妙見信仰も見られる。明治になり輪王寺の常行堂では密教の謎の神、摩多羅神も祀る。童謡のかごめかごめは謎多き歌詞だが、このわらべ歌が徳川埋蔵金に導くという。たしかに鋳抜門の奥には家康の墓所である宝塔があり、その前を鶴と亀が守るように鎮座している。家康の墓の後ろには、上が欠けたカゴメのマークがあり下を向いている。だからそこに宝があるという都市伝説だ。後水尾天皇の勅許により天海大僧正が名付けたとされる東照大権現。秀吉が明神だったため権現になったとされる。久能山から日光に移り、東から日本の国を照らす神、東照宮となった家康。天海大僧正の銅像が神橋を見つめる。

❖キャプテン和田

ビル・エヴァンスのアルバム名と同じ、ジャズ好きな2人がつくった本『ポートレイト・イン・ジャズ』。和田誠と村上春樹だ。ミュージシャンの肖像を和田が描き、それ見た村上がエッセイを添える。ラインアップは入門者にも分かりやすく、2人のジャズへの熱い想いが伝わる一冊だ。チェット・ベイカー、スタン・ゲッツ、マイルズ・デイヴィス、ルイ・アームストロング……。東京オペラシティアートギャラリーで和田誠展を鑑賞した。令和元年の死去後、膨大で多岐にわたる仕事の全貌に迫る初めての展覧会だ。イラストレーター、グラフィックデザイナー、エッセイスト、作曲家、アニメーション作家、装丁家、映画監督とさまざまな顔もつ。24歳の若さで採用されたタバコのハイライトのデザインは、昭和39年開業の東海道新幹線の車体の配色にも選ばれた。週刊文春の表紙を担当し、メガホンをとった映画「麻雀放浪記」はブルーリボン賞監督賞などに輝く。残されたジャズのレコード365枚は早稲田大学の村上春樹ライブラリーに、原画は母校の多摩美術大に寄贈されている。私のジャズの出会いは昭和31年録音のジャズの定番、ソニー・ロリンズのすご技、通称、サキコロだ。セント・トーマス島の伝統的な子守歌をアレンジした「セント・トーマス」の軽快なテナーサックスだ。キャプテン和田はシャンソン歌手で料理愛好家の平野レミと出会って10日で結婚したという。その早技にも感心する。

❖難波の小池

春分の日と秋分の日に太陽が真上を通る光の道。そのレイライン上にある全国で唯一の八方除の守護神を祀る相模国一之宮の寒川神社。八方はあらゆる方角を意味し、方位に起因する悪事災難を除くという。相模川の左岸の低台地上に鎮座し、江戸の裏鬼門にあたり社殿は珍しく南西を向く。創建は雄略期とされ少なくとも1600年の歴史を持つ。ご祭神は、古くは寒川神だが応神説、八幡神説、スサノヲ説、稲田姫説、伊弉諾尊説、大己貴命説など定説がなく、明治の世に寒川比古と寒川比女の二神を祀る寒川大明神となる。清涼な水が湧き出す泉を指す「サム」と、泉や池を指す「カワ」が名の由来だ。起源とされる難波の小池が本殿の真裏にあり、いまもなお水が湧きでており、古はここをご神体として崇めていたと言われる。近くには富士山を望む「寒川宮山の富士」もあり相模川八景に選ばれている。縄文の頃には海水がこの平野の奥深くまで入り込み、創建当時も周りは湾だったとされる。神社の西を流れる相模川は源を富士山に発し、山梨県では桂川、山中湖から笹子川などが合流し神奈川県に入る。さらに中津川などが合流し、県中部を流れて相模湾に注ぐ暴れ川だ。相模湖、津久井湖、寒川取水堰、相模大堰などが整備され、暴れ川をコントロールしてきた。暴れないように八方除として寒川神社が鎮座し続ける。

❖ ちむどんどん

胸がわくわくすると言う意味のちむどんどん。沖縄を舞台とするＮＨＫの朝ドラだ。沖縄が日本に返還され5月15日で50年。平成12年（２０００）には沖縄サミットに合わせ２０００円札が発行された。そのお札の表面は3年前に火災により消失した首里城が描かれており、4年後の復元に向けて再建中だ。また裏面には源氏物語の一節で、返還日の15日にちなみ、十五夜の中秋の名月、夕暮れ時の月見の宴が描かれている。お札からは沖縄の苦悩は見て取れない。鳴り物入りで発効されたが、普段あまり見かけないのだ。東京国立博物館で沖縄復帰五十年記念特別展を鑑賞した。歴史資料、工芸作品、国王尚家に伝わる宝物、考古遺物などの文化財が展示されていた。半世紀を経ても沖縄の負担は変わらないどころか、その役割は増すばかりだ。沖縄は濃い顔の人が多いとされるが、それは縄文人の遺伝子が強く残されているからだという。北海道のアイヌ民族もしかりで、その後の渡来系弥生人の遺伝子があまり受け継がれていないのだ。島の形が海上に浮かんでいる蛟（みずち竜）に似ているから琉蛟、転じて漢名を「琉球」。海の船から見ると沖に縄を浮かべたように見えることから、和名を「沖縄」。斎場御嶽《せーふぁうたき》に願いを込める沖縄の人々に、理想郷とされるニライカナイ信仰が叶うことを願うばかりだ。沖縄の人々に多くのちむどんどんが訪れますように。

❖おぞろ

日本における素麺《そうめん》の起源は、飛鳥時代から奈良時代にかけて遣隋使、遣唐使が持ち帰った索餅《サクベイ》が原型だと伝えられている。現在では全国で作られ、それぞれの特徴があり、その中の一つ、1200年の歴史を持つ三輪手延べそうめん（古くはおぞろ）は発祥の地と言われる。麺食の始まりだ。この地、奈良県桜井市の三輪山に大和国一ノ宮の大神《おおみわ》神社が鎮座する。創祀に関わる伝承が古事記や日本書紀の神話に記されており、1300年前の我が国最古の神社とされる。ご祭神は大物主大神《おおものぬしのおおかみ》で、本殿はなく拝殿の奥にある三ツ鳥居を通し三輪山を拝む。祈りの原初の姿だ。太古の昔より神の鎮まる神聖な山として、入山が厳しく制限されていたという。現在は熱心な信者の要望もあり、特別に入山が許可されているという。観光やハイキングではなく、あくまでもお参りを目的とする三輪山への登拝だ。山頂には高宮神社があり日向御子が祀られている。許可無く訪れたので入山は出来なかったが、ではなぜこの三輪山なのか。実はこの山からは鉄が取れる産鉄の地なのだ。大和盆地から望でき、ひときわ形の整った円錐形をしており、山麓には纏向古墳群もあり重要な地であったのだ。現在でも砂鉄が見られる。鉄を取りながらそうめんをする。古の人々の信仰の形だ。

❖ 王冠

ラテン語で王冠を意味するコロナ。太陽のまわりの光の輪が王冠に見えることから名付けられたはずなのに、似ても似つかぬ忌々しいウイルスにも名付けられた。多くの企業でテレワークが導入され、店はシャッターを降ろしているところも多く、9月入学の論議も始まった。コロナ後の日々の生活は様変わりするのだろうか。本当に困っている人や企業に如何に適切に適時に、とは考えられていると思うのだが、補助金は政争の具であってはならない。何より早く去ってほしいと願うばかりだ。疫病退治とされる祇園祭や天王祭などの行事も中止を迫られている。本来は厄除けなのに皮肉な状況だ。早計だが現在も続いている復興特別所得税と同様に、コロナ後には増税が待っているのだろうか。新聞記事にもなりネットで話題の新型コロナウイルスの影響で、大切な人と会えないつらさや未来への希望をつづった作品。「しばらくは　離れて暮らすコとロとナ　つぎ逢う時は　君といふ字に」。「コ+ロ+ナ=君」うまい！　ここで謎かけ。コロナ禍で残業が無くなった旦那の給料明細を見た奥さんとかけて、ドラックストアの今とときます。そのこころは。「まぁ！　少ない。（マスクない）」。お後がよろしいようで。

❖アート・テロリスト

コロナ禍でロックダウン中のイギリスで医療従事者を讃える作品を発表した。「ガール・ウィズ・バルーン」が1億5千万円で落札された直後に、仕掛けてあったシュレッダーで絵を切り裂いた。話題を振りまいているのか、一挙手一投足にファンが待っているのか、人気は素性を現さないが故の不気味なバンクシー。東京都の日の出駅近くの防潮扉にバンクシーらしきネズミの絵が書かれていると話題になるなど、真偽は別として日本でもニュースとなる。ディズニーをひっくり返したような、悪魔のテーマパーク、ディズマランドを開催するなど、話題に事欠くことなく、経済効果は絶大だ。医療従事者への感謝だという「Ｇａｍｅ Ｃｈａｎｇｅｒ」は、コロナと闘う病院に展示されている。

しかしコロナだがどうしたものか、大江山に棲むという酒呑童子を退治した源頼光に再登場を願うか。疫病退散にライコウだけでは無理なら、鍾馗、薬師如来、牛頭天王、角大師、地蔵菩薩、不動明王、すべてを動員して——。いやここは——バンクシーならどうする。アソビルでバンクシー大才か反逆者か展を鑑賞した。凡人には風刺の意味するところを理解するのが難しい作品が多いが、説明を見るとなるほどと合点がいく。天才なのか反逆者なのか。1枚1枚考えさせられる作品だ。世界がＣＯＶＩＤ—19と闘っているが、バンクシーも闘い続けているのかもしれない。

❖ 神話図

北条の家臣、千葉自胤によって築城された赤塚城。武蔵野台地北東端の段丘の上に築かれていたが、北条氏の滅亡とともに廃城となり、現在の城址は都立赤塚公園の一部として整備されている。その一角に昭和54年に東京23区で初の公立美術館として開館された板橋区立美術館がある。今回、大規模改修が行われてリニューアルした。地元民に親しまれる美術好きたちの穴場的存在だ。駒沢のオリンピック陸上競技場の設計者・村田政眞による外観もさることながら、江戸地方の文化全体を検証するために収集された作品は、江戸狩野派をはじめとする近世絵画の作品が中心となっており見応え十分だ。探幽に始まる江戸狩野派の尚信、安信の3兄弟を始め、逸見一信、河鍋暁斎、英一蝶も収集されている。狩野派学習帳―今こそ江戸絵画の正統に学ぼう展を鑑賞した。狩野派は個人の才能による質画よりも、模写を徹底的にたたき込まれ伝統を守り伝える学画を重視する。探幽の「富士山図屛風」、逸見一信の「龍虎図屛風」は素晴らしく、特に狩野派の小林永濯の力強いスサノヲが印象的な「神話図」は、スサノヲを描いた作品の中でも秀逸だ。板橋区の南東、旧中山道の板橋宿を流れる石神井川に架かる板の橋が、板橋の由来だ。区の北西の赤塚城跡の北側のあたりは、江戸時代に徳丸ヶ原と呼ばれた原野で、高島秋帆が洋式の砲術訓練を行ったことから、高島平の地名となり、昭和40年代になり高島平団地が誕生していく。

❖いいねこの島

古くは榎島、得瑞島、荏島などと表記されていた。日本三大弁財天を祀る湘南を代表する江ノ島。正式には江の島だが至る所に江ノ島の表記が残っている。鎌倉市ではなく藤沢市だ。古くは片瀬山や腰越と陸続きだったという。浸蝕作用や地殻変動によって現在の島の形になる。島へは引き潮の時に砂州を徒歩で渡るか舟を使っていた。奈良時代には役小角《えんのおづぬ》が、平安時代には空海が、鎌倉時代には一遍が修行に励んだと伝えられる修行の場だった。後に源頼朝の命により文覚が島の岩屋に、弁財天を勧請して創建されたのが江島神社の始まりだ。ご祭神はアマテラスがスサノヲと誓約《うけい》して生まれた三姉妹だ。その三姉妹の辺津宮、中津宮、奥津宮を順に島の奥へと進んだその先に、修行の場だった岩屋がある。長年の波の浸食によってできた龍神伝説が残る天然の洞窟で、江の島信仰発祥の場として崇められてきた神秘的な場所だ。明治24年に栈橋が、昭和33年に江の島弁天橋が、昭和37年に車専用の江の島大橋が架けられる。徐々に江の島が身近になっているのだ。参拝者には優しいエスカレーターもあり、最深部の岩屋まで行くと、帰りはべんてん丸で島の入口まで送ってくれる。近年は若者のイメージがあるが大人にも十分に楽しめる、いいねこの島。えーねこの島。えーのこの島。江の島。

❖ 不死の道

不死の道と呼ばれる道があることをご存じだろうか。諸説あるが、徐福伝説に象徴される蓬莱山の不老不死の神仙思想から、不死と呼ばれていた富士。他にも不二、不尽、布士、布自など様々な漢字が当てられているが、奈良時代の好字令により富士となる。日光東照宮、世良田東照宮、富士山（小川町）、富士山頂、久能山東照宮。徳川家康由来の地が一直線上に並ぶ線が不死の道だ。その久能山東照宮は神仏習合で、家康の一周忌までの埋葬地である。車で行くと日本平ロープウェイも楽しむことが出来る。家康がスペイン国王フェリペ3世から送られた時計は重要文化財だ。家康の生誕地岡崎城、一時住んでいた駿府城、明智光秀の亀山城などが、緯度35度に一直線に並ぶのも歴史のロマンだ。古くは火を噴く山をアソと言った。そこからアソ・ヤマ、アサマに変化した。その昔、富士も浅間と呼ばれており、その名残が現在も富士の周りは浅間の付く大社と神社だらけだ。久能山東照宮は階段で上ることも出来るのだが、石鳥居から１１５９段あり、もじって、いちいちご苦労さんと呼ばれ参拝者を労ってくれる。徐福伝説では、秦の始皇帝が不老不死の薬を求めて徐福を日本に送りこむ。富士山に育つコケモモの実が、それだと言うのだ。未だかつて死なない人を見たことはないが。

❖ どろぼうかささぎ

人生には出会いが必要だ。それも人生を左右するほどの出会いだ。と言えば大袈裟だが、村上春樹の『ねじまき鳥クロニクル』の中で、脇役の無口な赤坂シナモンが口ずさんだ、ロッシーニの歌劇「どろぼうかささぎ」序曲との出会いが、その後の人生を豊かなものにしてくれた。クラシックの世界は音楽の授業やテレビから流れてくる……程度の知識だったが、CDを貪るように聴き、N響アワーはよくチェックしていた。NHKの「ららら♪クラシック」の企画の躍動するバロック音楽を鑑賞した。個人的にはどうもバロックでは物足りないが、音符も読めない音楽おんちには何度聴いても飽きないクラシックは魅力だ。生まれて始めてコンサート会場に足を運んだのは、サバリッシュ指揮、ヨハン・シュトラウスの交響詩「ツァラトゥストラはかく語りき」。指揮棒を振り下ろした瞬間、紡がれていく最初のフレーズに、自然と涙がこぼれたのを思い出す。CDが世に出るときに、帝王カラヤンのベートーベンの第九が1枚に収まるように74分の規格でできたという話は有名だ。クラシックはコンサート会場で聴くのが醍醐味だが、逃してしまったら録音に頼ることになる。このCDはいつの録音で、指揮者は誰で、どこの楽団のものか。全く別物になるという奥深さだ。お気に入りは1979年、レナード・バーンスタイン指揮、ニューヨーク・フィルのショスタコービッチの交響曲第五番。魂が揺さぶられる。

❖ 松蔭くん

「夢なき者に理想なし　理想なき者に計画なし　計画なき者に実行なし　実行なき者に成功なし　故に夢なき者に成功なし」。幕末の志士吉田松陰の言葉だ。徳川時代が終わり、明治の世になり、長州時代が始まる。歴史は勝ったものによって造られるのだ。松蔭は脱藩や黒船に直談判して密航を企て投獄される。獄中で大量の本を読み釈放された後に松下村塾を開くこととなる。門下生は久坂玄瑞、高杉晋作、桂小五郎、伊藤博文、山県有朋、品川弥二郎……。いずれも後の世を背負う面々だ。安政の大獄で生涯を閉じるが、ここまでの松蔭の人生はたったの30年。その遺骸は松陰門下生によって大夫山とも長州山とも呼ばれる、長州毛利藩藩主毛利大膳大夫の別邸、世田谷若林の地に改葬される。松蔭神社だ。創建は明治15年。閑静な高級住宅街の中にある。「くん」の敬称や「諸君」と言う言葉を作ったのは松陰だとされる。役職や年齢の上下関係はなく、対等な立場で議論するためだという。「僕」を流行らせたのも松蔭。国会が「くん」付けで呼ぶのは、初代総理大臣が門下生の伊藤博文だからだとされる。松蔭の辞世の句は「身はたとひ　武蔵の野辺に　朽ちぬとも　留め置かまし　大和魂」。歴代総理大臣を一番多く排出し続けている山口県。まだまだ長州時代が続くのか。

❖やくなし

新しくできる高輪ゲートウェイ駅。その工事の過程で出土した明治の鉄道遺構高輪築堤が一部公開されている。リニア中央新幹線の開業に向けての副産物だ。JR東海もコロナ禍で収入が落ち込みリニアの開業が延びるという。そして水問題に揺れる静岡県。トンネル工事で南アルプスの地下水が漏れ、県中西部を流れる大井川の水量が減少するのだという。しかし問題の根源はJR東海の静岡飛ばしにもあるようだ。静岡県島田市を流れる大井川に架けられた蓬莱橋《ほうらいばし》は、明治12年に完成し、昭和40年には橋脚部分がコンクリート化されるも、平成9年には世界一長い木造歩道橋としてギネス認定された。長さが897・4メートルなので「やくなし」。転じて厄無し。長い木の橋は、長生きの橋として厄払いや長寿のご利益が授かれるスポットとなっている。江戸時代に詠まれた『箱根八里は馬でも越すが　越すに越されぬ大井川』。東海道の難所の一つだったほどの水量を誇っていたのだ。現在では想像も付かないほどに。確かに水量は減っているのだろう。水問題の解決策は必ずある。関係者には知恵を絞ってほしい。木（気）長に待つとしよう。決して「やくなし」を「益無し」、『役無し』と解釈されませぬように。

❖ アーティゾン

海外進出を視野に石橋正二郎は社名を、英語表記にしてSTONE・BRIDGE。しかしこれでは語呂が悪いとしてBRIDGE・STONE。昭和6年に誕生したブリヂストンだ。図画教師だった洋画家坂本繁二郎から、若くして夭折した画家青木繁の作品が散逸しないよう依頼されたことから、正二郎の日本近代洋画の収集が始まる。画家藤島武二の作品も加わり、昭和27年にはブリヂストン美術館が開館する。その4年後には財団化されている。その後も、明るい絵が好きで、印象派など自身の審美眼を活かして、質の高い作品を収集していくのだ。そのブリヂストン美術館が改名してアーティゾン美術館に生まれ変わった。アートとホライゾンを組み合わせた造語で、コンセプトは創造の体感だという。琳派と印象派―東西都市文化が生んだ美術を鑑賞した。東西が、同時代にあり時には刺激し合いながら独自に発展を遂げた日本とヨーロッパの画壇。比較しながらの企画が面白い。西はピサロの「ポン＝ヌフ」。東は鈴木其一の「富士筑波山図屏風」。どちらにも軍配だ。正二郎は言う「好きな絵を選んで買うのが何よりも楽しみであるが、私物化することなく、世の人々の楽しみと幸福の為に」。正二郎のブリヂストンはミシュランに伍するほど世界に羽ばたいている。

❖ 恋錠駅

静岡市は駿河区、清水区、葵区の3つの行政区からなる。旧静岡市、旧清水市、旧蒲原町、旧由比町が、平成15年から5年ほどの間に、合併や政令指定都市移行に伴い整理された。その葵区は南北に長く駿河湾には面していないものの、南は静岡駅から始まり北は長野県伊那市に隣接する。日本の区の中で一番という広大な面積を誇る。その中間地点あたりに井川湖があり、当然、道路標識は葵区。大自然の中だ。井川湖は大井川を堰き止めた井川ダム湖だ。建設当時の中部電力社長の井上五郎の名から、井川五郎ダムの愛称で知られる。風光明媚な人工湖だ。そこから大井川を少し下り川根本町に入ると、長島ダムで出来た接岨《せっそ》湖があり、鉄ちゃんに人気の奥大井湖上駅がある。奥大井恋錠駅の愛称を持ち、撮影場所により、湖の真ん中に小さな駅がぽっかり浮かんでいるように見える駅として人気のスポットだ。車で行くと駐車場が遠くて大変なのだが、印象的な赤い鉄橋に歩道があり辿り着くことができる。観光名所が駅という珍しさから観光客にも人気だ。ちなみに鉄ちゃんたちは駅ではなく対岸の道にいる。葵区は東京都で一番広い大田区の17倍。ちょっと想像がつかないが、東京都の半分ほどの面積とイメージすると分かるだろうか。奥多摩にいるのにここは世田谷区です、と言われたような感覚だ。

❖鷹狩場

法隆寺金色堂壁画の消失を機に、文化財保護法が成立するのは昭和25年のこと。有形文化財、無形文化財とともに記念物も規定され、さらに天然記念物、史跡、名勝などに分類される。史跡はそれ以前には史蹟と表記されていた。なかでも重要度の高いものは特別史跡、特別名勝の指定を受ける。史跡は遺跡、遺構などの学術上価値あるもの。名勝は風致景観の優れたもので学術的価値のあるものだ。庭園は名勝に含まれ全国で10箇所が特別史跡、特別名勝の両方の指定を受けている。金閣寺庭園、銀閣寺庭園、毛越寺庭園、厳島……。東京は小石川後楽園と浜離宮恩賜庭園だ。この浜離宮の地は、海沿いの葦原で徳川家の鷹狩場だったところだ。歴代将軍によって造園、改修が行われ6代家宣が別邸浜御殿とし、11代家斉のときに現在の姿となる。明治には皇室の浜離宮となり、その後、東京都に下賜されて昭和21年から一般開放されることになる。東京ドーム約5個分の敷地に、都内庭園唯一の海水を引き入れる潮入の池や、樹齢300年のクロマツが出迎える。高層ビル群がなければお手伝い橋の中島の御茶屋から見る景色は、将軍たちが見たものと一緒のはずだ。しかし何故か高層ビル群がマッチして絵になるのだ。庭園界の国宝と呼ばれる所以だ。ちなみに8代吉宗はこの地でゾウを飼っていたというから恐れ入る。

❖ オアシス

東武鉄道や南海鉄道など多くの鉄道敷設や再建事業に関わったことから、鉄道王の異名を持つ根津財閥の創設者根津嘉一郎。武蔵大学の創設や茶人としての一面も持つ。その財閥が所有する南青山の広大な敷地の一角にある根津美術館は、国宝、重要文化財を含め多くの収集で知られる。隈研吾による設計でその外観は自然と融合し、アプローチはまるで絵画の世界に入り込んだような感覚になる。高低を利用した庭園はここが青山かと思うほどの都会のオアシスだ。昔はキツネやタヌキもいたという。狩野派と土佐派―幕府・宮廷の絵師たちを鑑賞した。漢画の絵師、狩野正信を祖として日本画壇に400年の長きに渡り君臨した狩野派。一方、伝統的なやまと絵師、土佐光信を祖とする土佐派。同時代に生きる絵師たちによる見事な競演だ。嘉一郎は「生来負けず嫌いで、何をするにも総大将にならなければ気が済まない」。というほどのガキ大将だったという。コレクションは単に秘蔵するのではなく「衆と共に楽しむ」。まさに総大将の証しだ。そして戦災で焼失した美術館の再建にあたったのは、嘉一郎の長男、2代目嘉一郎だ。昭和16年に27歳で東武鉄道社長に就任し、平成6年まで53年間も君臨した。実業界の最長不倒記録らしい。酒もゴルフもやらない2代目の情熱がなければ、現在の根津美術館は無かったのかもしれない。庭園は無料開放されている。

❖ほんの一瞬

天橋立のビューランド側からの股のぞきは日本三景の一つ。天橋立が天に舞う龍の姿のように見えることから飛龍観。また日本海宮津湾を挟んだ対岸の傘松公園側からの股のぞきは、天橋立が右肩上がりに勢いよく天へと登っていくように見えることから昇龍観。その傘松公園の麓に元伊勢《もといせ》神社と呼ばれる丹後一ノ宮の籠《この》神社がある。伊勢神宮が伊勢市に鎮座するまでに90年の歳月を要するのだが、その間に一時的に祀られたという伝承を持つのが元伊勢だ。中でも有名なのが籠神社で、元というだけあって創建は古く養老3年（719）とされ、代々守っているのが海部《あまべ》家で、なんと83代というから驚く。さらにその奥宮眞名井《まない》神社にあっては、さらに古く創建は白雉22年（671）とされ、訪れるものの多くが不思議な感覚に襲われるという体験談も多い。まさに神域なのだ。眞名井とは神聖な水の出る井戸のことで、とくに天の眞名井というのは、高天原にある神聖な井戸で、最高の清水だそうだ。すばらしい景勝の地とともに、悠久の歴史に思いを馳せながらの参拝もいい。股のぞきには、股のぞき台が用意されており、そこに上がってのぞくのだが、高さがありチョット怖いのだ。あぶないので決して押してはいけない。お腹が出ている方にはかなり辛い態勢となり、頭に血が上ってしまうので、ご利益はほんの一瞬だ。

❖ 宵越しの金

スーパームーンのような満月、杉は力強く真っ直ぐと伸び、こちらを睨み付けるようなミミズク。目をそらした方が負けとでも言わんばかりだ。渡辺省亭の「銀杏郡鳩之図・月夜杉木兎之図」だ。省亭は嘉永4年（1851）に神田佐久間町に生まれ、11歳のとき父が他界し質屋に丁稚奉公となるも、自分の衣服などを売って葛飾北斎などの古本を手に入れ絵に熱中していく。パリ万博に「群鳩浴水盤ノ図」が選ばれて出品され、日本画家として初めてフランスを訪問する。サロンでドガたち印象派の画家の前で日本画を描いて見せて驚嘆させたという。西洋画の技法を学び卓抜した技術やデッサン力は、海外からの評価が高く多く美術館にコレクションされている。晩年は派閥や競争に巻き込まれることを嫌い、中央画壇と距離を置き、弟子もとらず富裕層からの注文に応じた市井の画家となっていくのだ。関東大震災や東京大空襲によって、多くの作品が消失し徐々に世間から忘れられていく。初の大規模回顧展を鑑賞した。死後100年の時が経ち忘れられた画家の再評価の機運が高まる。正妻と妾の両家族に子が有り、両家の関係は良好だったという。長男の水巴は俳人となっている。江戸っ子で孤高の画家省亭は、見栄っ張りで、宵越しの金は持たず、気難し屋で頑固な半面、人情にもろいお人よし。自らの目であるかのようなミミズクの鋭い眼光は、市井の画家としての矜持か、画壇を睨んでいるか。

❖葬式無用

吉田首相のもとサンフランシスコ講和条約が発効された。戦争の気配が漂い始めると、もともと反戦主義で日本は負けると豪語して空襲の戦火から疎開し、東京郊外の鶴川村で農家に転じる。政治家でも官僚でもない、そんな男が吉田とともに戦後の条約の交渉にあたるのだ。白州次郎だ。裕福な家庭に育ち神戸一中時代には、野球部とサッカー部に在籍し、乱暴者としてならしアメ車ペイジを乗り回す。ケンブリッジ留学時には生涯の友、ストラッフォード伯爵家の御曹子ロバートに、英国流の紳士道をたたきこまれ、２人でベントレーに乗り長旅をする。憲法改正にも立会い、通産省を設立し、東北電力会長など実業界でも才能を発揮した。英語をあやつり見た目も、やることも気障なのだ。それでいて目立つことを嫌う。軽井沢ゴルフクラブの理事長時のプレイファースト精神はその性格をよく表している。今日の日本を見たら、こう言うだろう「まだこの国にプリンシプルはないのか」と。町田市鶴川の旧白州邸には多くのファンが訪れる。武蔵国と相模国の境にあるから、その名も「武相《ぶあい》荘《そう》」。無愛想にかけているのだ。なんとも洒落ている。始めて乗った車と同じ１９１６年型のペイジが展示されている。日本で初めてジーンズを履いた男としてファッション界で取り上げられるのは後の世のことだ。80歳までポルシェ９１１を乗り回し、遺言は「葬式無用、戒名不用」。筋のとおったナイスガイだ。

❖ミシャグジ

日本列島は分断されている。と言っても物々しい話ではない。縦と横にだ。日本列島がその昔、大陸プレートから引き離されたときの名残とされている。縦は新潟から静岡へと続く糸静線、通称、フォッサマグナと呼ばれる大きな溝だ。横は茨城から九州へと続く、名だたる神社仏閣がつらなる中央構造線。縦、横どちらもパワースポットが並ぶのだが、その交差地点にあるのが諏訪湖だ。地表のズレからできた溝だ。諏訪には縄文の神が住みミシャグジ信仰の発祥ともされている。湖畔にある諏訪大社は上社（前宮・本宮）と下社（春宮・秋宮）の4社からなり、ご神体は自然そのもので神体山の守屋山、神木の杉、イチイの木だ。4社すべてが湖畔から離れているのは、太古には諏訪湖は今よりも大きかったことの証明だ。数えで7年ごとの寅と申の年に開催される日本三大奇祭の御柱祭は、1200年も続いておりその名は全国に知れわたる。モミの大木が各社の社殿の四隅に建てられるのだ。本殿は上社前宮だけにあり、上社前宮、上社本宮、下社秋宮、下社春宮の順に巡るとされる。この地は黒曜石が採れたことから、旧石器時代から人々の営みがあった。その遺構も多く残されている。縦横は経緯だ。中央構造線とフォッサマグナの成り立ちの経緯は解明されている。その発生地の経緯が曖昧なままのコロナ禍で各地のお祭りが中止されているなか、来年に迫った御柱祭の開催はどうなるか。感染拡大が止まらず世界で、日本で分断が進まないことを祈るばかりだ。

❖ほっかい

ラッコ、トナカイ、オットセイ、シシャモ、コロポックルと聞いてピンと来る方はいるだろうか。すべてアイヌ語である。ちなみに札幌、小樽、知床、富良野、室蘭、洞爺など北海道の地名の多くはアイヌ語が起源だ。高度経済成長期、東京五輪の前回大会の昭和39年に、白土三平の『カムイ伝』が刊行され、夢中になった諸氏もおられよう。カムイとは神格を有する高位の霊的存在を言い、神とも訳される。そこから半世紀あまり、奇しくも今回のオリンピックにあわせるように令和元年にアイヌ施策推進法が施行され、令和2年に国立アイヌ民族博物館ウポポイ（民族共生象徴空間）がオープンし注目されている。アイヌの伝統や文化に対する正しい認識や尊重が進む。ウポポイ開館を機に企画されたアイヌの装いとハレの日の着物展を鑑賞した。ハレとは祭礼や年中行事、お正月やお盆、桃の節句や端午の節句、結婚式などの冠婚葬祭の非日常をいう。現在の晴れ着はここからきている。さてコロナ禍、今回の夢の祭典は晴れ晴れといくだろうか。住所を書くとき東京であれば、東京と書いて「都」に○を、同様に京都と書いて「府」に○を、そして北海と書いて「道」に○をする。我々は北海ではないという北海道あるあるだ。五畿七道のなかに北海道はない。明治2年に6つの候補の中から北加伊《ほっかい》が選ばれ海が付けられたものだ。

❖北斗七星

夜空に輝く、おおくま座の尻尾部分の北斗七星。都会でも明かりが少なければ、日を凝らすと見える。見かけたときに7つ数えた記憶はないだろうか。記紀神話はアマテラスの昼を中心とする太陽信仰だが、北極星や北斗七星の夜の世界は、道教に始まる北斗信仰や妙見信仰だ。その信仰のもと新皇を名乗り、独立国を作ろうとした平将門は、京都でさらし首になるも、自ら首だけで飛んで関東に戻ったという。大手町のビルの谷間にあった神田明神に将門首塚が築かれる。その後祟りを恐れて首塚だけは残して、一旦は駿河台へ、そして現在の江戸総鎮守神田明神の地に移されている。江戸城の鬼門にあたり守護神とされる神田明神の裏手にも首塚がある。ご祭神は大己貴命、少彦名命、平将門命だが、スサノヲと習合した天形星・牛頭天王を祀る江戸神社、大伝馬町八雲神社、小舟町八雲神社の三天王祭が行われる。天皇ではなく天王を祀っているため、明治天皇の行幸の際に逆臣である将門は、一旦は祭神から外されていた。将門ゆかりの場所である鳥越神社、兜神社、将門首塚、神田明神、津久土八幡神社、水稲荷神社、鎧神社。これを結ぶと北斗七星の形になり平将門北斗七星巡りが人気だ。くれぐれも結界巡りは日没までに、この順序で。

❖五・大・力

密教で信仰される五大力菩薩が由来の五・大・力。そんな五大力と書かれた小石がある。体力、智力、財力、福力、寿力の五つの力を授かれるという。上町台地の縁に摂津国一ノ宮の住吉大社が鎮座する。海の神様を祀る住吉神社の総本山だ。通称、すみよしさん。一の鳥居をくぐり真っ直ぐに参道が続き朱塗りの太鼓橋を渡ると神域に入る。神功皇后が新羅遠征から無事帰還した際に建立され、1800年の歴史を持つ。ご祭神は底筒男神、中筒男神、表筒男神の男神が三柱、天照皇大神、神功皇后の女神が二柱祀られる。仲哀天皇が祀られていないという歴史の謎もあるが、大阪最強のパワースポットだ。創建された辛卯年卯月卯日にちなみ、無病息災の祈願、神様のお使いとされる神兎「なでうさぎ」も撫でてみた。願い事が叶うか否かを占う霊石の「おもかる石」も順序どおり持ってみた。楠珺社のラッキーアイテム・初辰猫もゲットした。ルールに従って小ネコ、中ネコ、大ネコといくと大願成就に24年かかるそうだ。壮大だ。そして五所御前の石玉垣の中に五大力の石が。大量の小石があり1つ1つに一文字ずつ五大力と書いてある。自分で探しだして持ち帰るのだ。有り難く頂いた。願いが叶ったら石を倍にしてお返しくださいとあった。叶った分だけのパワースポットだ。いつか返す日はくるだろうか。倍返しだ。

❖八頭身

日本は古来八百万の神を信仰し、山、森、岩など様々な場所に神が宿るとされる。仏教伝来により神道という言葉が生まれるが、それ以前には古神道（随神道）の姿がある。丁未の乱で仏教派の蘇我馬子、厩戸皇子が、神祇派の三輪・物部守屋を破り神仏習合が始まる。三輪山をご神体に持つ日本最古と言われる大神神社には、拝殿はあるが本殿はない。多くの寺院が神社や古墳のあった場所に建てられていく中で、大神神社に大神寺（鎌倉時代以降は大御輪寺）も建立された。ここに十一面観音菩薩立像が祀られていたが、一転、明治維新の神仏分離・廃仏毀釈が起き、多くの貴重な仏像などが壊されてしまった。十一面観音菩薩立像は、住職大心上人によって少し離れた三輪山を望する聖林寺に移され難を逃れる。国宝―聖林寺十一面観音―三輪山信仰のみほとけ展を鑑賞した。十一面観音菩薩立像は760年に東大寺の造仏所で作られた木心乾漆像だ。その願主は天武天皇の孫・智努王とされる。明治20年にアメリカの哲学者アーネスト・フェノロサによって秘仏の禁が解かれたという。奈良朝からの悠久の時を超え、ミロのヴィーナスとも比較されるなど、十一面観音菩薩立像の均整の取れた八頭身の姿は美しく、細く開けた目に、す〜っと、吸い込まれていく。

❖ はちまき石

中国の歳寒三友に由来する松竹梅。寒中でも松と竹は青々とし、梅は花を咲かせることから、文人画で好まれた画題だ。それが日本に伝わり吉祥の象徴になる。松は日本の在来種だが、梅と竹は中国から渡来したもので、最初は正月に門松として松竹が定着し、梅は後の世に加わり、繁栄、気高さ、長寿の象徴とされていく。生命力の強い松は防風林として植樹され、海岸に天然の松林が生い茂る。静岡の三保の松原は、佐賀の虹の松原、福井の気比の松原と並び、日本三大松原とされる。平成25年に富士山世界文化遺産の構成資産として登録されている。三保半島はかつては島だったが、安倍川の土砂と、有度山の海食崖により削り取られた砂礫が運ばれ、徐々に陸続きになり、その半島の東側に松原がある。7キロほどの海岸に約3万本の松林の緑、白波と海の青、45キロ離れている富士山を入れた眺望は、浮世絵や絵画、和歌の題材とされてきた景勝地だ。誰もがパシャリとしたくなる風景だ。天女伝説で知られる羽衣の松や、常世神の通り道である神の道の先御穂神社など人気のスポットだ。白い帯のかかった「はちまき石」を浜で見つけると願いごとが叶うという。美味しい松茸はアカマツから頂ける。長寿を表す松。繁栄を表す竹。春一番を表す梅。めでたい松竹梅に優劣はない。序列を付けたのは蕎麦屋と寿司屋だ。

❖ハミ電

タモリがハミ電と呼んだ東急大井町線の九品仏駅。難読駅名の数少ない例だ。読み方は「くほんぶつ駅」。この駅はホームが4両分しかなく5両編成の電車の1両分の扉が開かないのだ。ドアカットと呼ばれ、正式には非扱いと言う。九品仏駅は両側に道があり踏切のためホームを伸ばせないのだ。駅名は近くにある九品山唯在念仏院浄真寺、通称、九品仏に由来する。九躰（九品）の阿弥陀仏が安置される浄土宗の寺院だ。延宝6年（1677）に、4代将軍徳川家綱から奥沢城跡地を与えられた珂碩上人が創建している。この奥沢城は世田谷吉良氏の重臣だった大平氏の居城で、奥沢城跡がそのまま浄真寺の境内となっており、ほぼ四方を囲むように土塁が残る。土塁に面した道路は堀を埋め立てた跡で、外側の民家敷地より少しだけ低くなっている。閑静な住宅街にある名刹だ。九躰は東京都の文化財に指定され、現在、一躰ずつ京都美術院で修復を行っている。もはや貴重となったドアカットだが、江ノ電の腰越駅、東武スカイツリーラインの浅草駅、横須賀線の田浦駅に残る。九品仏駅を含めた自由が丘駅周辺の立体交差事業計画が進んでいるため、いずれハミ電は見られなくなるだろう。碑衾町に自由が丘学園があったことからの自由が丘の名称が誕生したのだが、現在の自由が丘駅は、以前には九品仏駅と呼ばれていたのだ。

❖和をもって

「法隆寺夢殿の救世観音像の光背は、聖徳太子の怨霊を封じるため、後頭部に打ち込まれた太い釘によって、取り付けられている」。梅原猛は『隠された十字架』でこう推理する。昭和のお札といえば聖徳太子。その肖像の原画となったのが聖徳太子二王子像で、原本は皇室の御物だ。その人物が本当に太子かどうかは解明されていない。「和をもって貴しとなす」や「日出ずる処の天子、書を日没する処の天子に致す、つつが無きや」など教科書でなじみの太子だが、一度に10人の話を聴いたとか、馬と一緒に天高く飛び上がり富士山を越えて東国に行ったとの伝説も持つ。聖徳太子1400年遠忌記念の聖徳太子と法隆寺展を鑑賞した。国宝と重要文化財がずらりと並ぶ。国宝の観音菩薩立像は残念ながら展示されていなかった。歴史ロマンをかき立てる『隠された十字架』は、よく出来た推理小説だとの批判も多い。20世紀の終わりに大山誠一が、「厩戸皇子は実在したが、聖人としての聖徳太子は実在しなかった」という説から、学校の教科書では厩戸皇子の名前が併記される。徳の字を諡《おくりな》に持つ天皇の多くが非業の死を遂げているとされるなか、聖徳が付されている太子。その怨念を封じるために法隆寺を建立したとされる説にも説得力が……。そして福沢諭吉の世も終わり渋沢栄一の時代がやってくる。

❖ 要石

地震、雷、火事……。恐ろしいものたち。その地震は忘れた頃にと言うが、必ずやって来るのだ。ジョンミルンに始まる日本地震学会、その弟子で日本初のノーベル賞候補にもなった大森房吉や今村明恒らによって研究は深まる。地震大国日本には世界でも有数の大きな活断層である中央構造線がある。長い歴史のなかで何度も災害が起き、その供養の祭祀が行われた結果、この線上に神社仏閣が集中するのもうなずける。その東端の地にある鹿島神宮には、地震はナマズの仕業だとして、その頭を押さえて鎮めるため、地中深くに石棒の要石がさし込まれている。世界から地震学の父と称された大森房吉をもってしても予測は難しかった。それは現代でも防災に重きが置かれていることから伺い知れる。いっそのこと全国に要石を打って見てはどうか。うまく付き合っていくしかない。そして中央構造線の西端にある佐賀県。ここにも鹿島市がある。そのため平成の大合併で誕生した茨城県の方は鹿嶋市。なんとも奇妙な縁だが、遅れを取ってしまった茨城県の方では、町のあちこちに鹿島が存在する。神宮、アントラーズ……。なんともややこしい。冒頭の恐ろしいものたちの最後は親父だ。最近は恐ろしいどころか、すっかり威厳のなくなった親父諸君。どうやらこちらの頭にも要石が乗っているようだ。

❖ 牛に引かれて

多くの人々が日本中からここを目指して参詣する。「遠くとも　一度は参れ　善光寺」だ。まだ仏教の宗派ができる前の開山とあり、どこの宗派にも属さない無宗派で、誰でもお参りできる門戸の開かれたお寺として、古くから広く人々の信仰を集めてきた。現在は天台宗と浄土宗の両宗派により管理されている。本尊で日本最古と伝わる一光三尊阿弥陀如来（善光寺如来）は絶対秘仏で、身代わりに重要文化財の前立本尊を本堂に移して、数え年で7年に一度、御開帳される。仏教の伝来時の崇仏・廃仏論の中で、廃仏派の物部によって難波の堀江に投げ込まれてしまった仏像を、「本田善光」が水中から光が発しているところを発見し、故郷に持ち帰り安置したことが始まりとされる。善光寺の名の由来だ。当初には飯田市に祀られていたものを642年に現在の地に移されている。善光寺街道を50キロほど離れた小諸の布引観音から、「牛に引かれて善光寺参り」したおばあさんも相当な体力の持ち主だが、思ってもいなかったことなど、突然、訪れる幸運を逃さぬよう人々は、ここに極楽往生を願うのだ。参拝が終わったら美味しい蕎麦をいただき、そのルチンで不老長寿を手に入れるのだ。決して小型無人機ドローンを飛ばす不届き者はここに入るべからず。

❖ラストに

大丈夫なのか。と思うぐらい美術館らしくない。暗くて閉鎖的な美術館が多い中、自然の光がふんだんに入るガラス張りの建物に、作品が並べられている。傾きによって直接作品に陽が当たるのだ。通常は傷みを避けるものなのだが、変色しない天然の岩絵具を用い「傷がついたとしても修復すればいい」と。なんとも大胆な発想、今を生きる画家千住博だ。真骨頂でもある、代名詞ウォーターフォールは、画家人生で辿り着いたモチーフ。本物の滝がそうであるように、上から絵具を流し落とすという斬新な技法は多くの人を魅了する。東洋人として初めてのベネツィア・ビエンナーレの名誉賞を受賞するなど、間違いなく現代日本画家のトップランナーだろう。千住博美術館を鑑賞した。軽井沢の地にあって自然と光があふれ、ゆるやかな斜面がたくみに利用され、導かれるように作品群を楽しむことが出来る。そしてその導線のラストには、あっと驚く仕掛けが――。絵画と映像が融合する爆水の神秘の世界が待っている。日本画家の「博」、作曲家の「明」、バイオリニストの「眞理子」。才能あふれる芸術家千住三兄弟を育て上げた、エッセイストで教育評論家の母親「文了」もさることながら、父親の「鎮雄」は校長先生のようだったという。「近い道など探すな。遠い道を苦労して行けよ」。肝に銘じたい。

❖ むくさのその

お江戸日本橋を起点として中山道を進むと、最初の宿場は板橋宿だ。ここが中山道と川越街道が別れる平尾追分となる。家康がここを通り川越に鷹狩りに行っている。江戸城より先に築かれた川越城の初代藩主を任されたのは、幼少期から家康に仕えた酒井重忠で、以後、松平信綱、柳沢吉保などの重臣が藩主を務めていく。平尾追分の近く、本郷台地の駒込の原野を5代将軍綱吉から下屋敷として与えられたのが、信任の篤かった川越藩主柳沢吉保だ。この地に万葉集や古今和歌集に詠われた風景をベースに、自ら7年の歳月をかけて築園したのが六義園だ。詩の六義に由来し、築園当時は「むくさのその」と呼んでいたという。明治時代に入って三菱財閥の岩崎弥太郎の別邸となり、永久保存と市民への一般公開を条件に、昭和13年に東京市に寄贈されている。特別名勝にも指定され、小石川後楽園と並び江戸の二大庭園だ。回遊式築山泉水庭園で、入口正面を入ってすぐの枝垂桜は見事で、和歌山県和歌の浦の景勝や、奈良県吉野郡の名勝、中国古典の景観など88箇所の景色が表現されているというから壮大だ。江戸時代の火災や、関東大震災、東京大空襲などを経て、現在は32箇所しか再現されていない。渡月橋、蓬莱島、妹山・背山など見どころも多い。東京ドーム2個分の広さで、現在9つある都立庭園のうち、浜離宮に次ぐ入園者を誇る「むくさのその」だ。

❖ 担ぐ

鯛はめでたい、昆布はよろこんぶ。古より縁起が担がれてきた。熊手はいろいろなモノを集め、鈴は神さまを呼ぶ。フクロウは不苦労で、カエルは福カエル、無事カエル、若ガエル、お金がカエル。猿田彦大神を祀り、ご祭神のお使いとされる「二見蛙」が鎮座する二見興玉神社。人々は、ここで禊ぎをして身を清めてから伊勢の地へ向かう。興玉神石と呼ばれる夫婦岩は、大岩と小岩に大注連縄がかけられ、その岩の間から霊峰富士を望むことが出来る。夏至の前後1週間はその富士山から日が昇る。この神秘の場所でそれを目にした古の人々の感動は筆舌に尽くし難かっただろう。天照大神がこもったとされる天の岩屋もあり、その美しさから倭姫命が二度見してしまったことに由来する二見ヶ浦だ。夫婦岩は全国に10箇所ほどある。夫婦円満の願いを込めて多くの人が訪れる。古より担がれてきた縁起、えんぎ、ぎえん、げん。験。同様に験を担ぐ習慣もよくある。良い結果になることを願って行う行為や行動で、靴は必ず右からとか、はたまた負けるまで髭を剃らないとか……身に覚えはないだろうか。験は修験道が求め、受験の験などにも使われる。「人事を尽くして」訪れる神社には、以前は馬が奉納されていたが、余り見かけることはなくなった。その名残の「絵馬」に願いを込めて、色々担いで受験生は「天命を待つ」。ご利益あれ。

❖ 渇筆

孤独と酒を愛し貧困に喘ぎながら放浪生活をすること10年。異色の水墨画家・篁牛人《たかむらぎゅうじん》は、工芸作品の図案などに携わったのち、40歳に近づくころに絵画に専念。極端にデフォルメされた動物や、ポップな筆さばきによる現代風のアニメキャラクターのような人物が印象的で、画法が何度も変わるものの和紙を削り取るように描く「渇筆」という技法によって独自の水墨画の世界を開拓する。しかしながら特定の師や美術団体に属することがなかったため、その鬼才が注目されるのは晩年となる。自由奔放を貫いた孤高の画家の生誕120年記念―篁牛人展―和水墨画壇の鬼才―を鑑賞した。「天台山豊干禅師」の虎、「金時と熊」の熊、「老子出関の図」（左隻）の牛などは圧巻だ。渇筆は現物を見ないと伝わらないスゴさがある。「風神雷神」にはほっこりした。この記念展を機に40年前から行方不明とされていた「老子出関の図」（右隻）が発見される。鑑賞した人が展示の作品に添えられた写真を見て、自宅にある絵と同じであることに気付いたのだという。当時の牛人のアトリエを訪ね、左隻が存在しているとは知らずに右隻を買ったというから不思議なものだ。今後もこの鬼才は脚光を浴びて行くだろう。また見てみたいと思う作品たちだ。

❖ねりば

関東ローム層は富士山、箱根山、愛鷹山、浅間山、榛名山、赤城山、男体山などの火山から灰が降り積もり、ゆっくり時間をかけて大地が形成されてきたものだ。粘土化した赤土で出来ている。その赤土を採取して練ったところを「ねりば」という。諸説あるが練馬区の由来だ。江戸期には練馬大根で名を馳せ、区のほぼ中央に粘土層の武蔵野台地があり地盤が強いとされる。大根にはもってこいの場所なのだ。その台地の縁に三宝寺池と石神井池が公園として整備され、桜で人々を魅了する石神井川が流れている。昭和9年、道路のかさ上げ工事をしたことにより、三宝寺池の湧水から石神井川まで流れていた水が、せき止められて出来たのが人工の池、石神井池だ。三宝寺池は武蔵野三大湧水池の一つで、水量の多い池だったが、宅地造成が進んだことにより、昭和30年代後半から枯渇し、現在は地下水をくみ上げて補水しているという。木々に囲まれた静寂な公園は都心にいることを忘れさせてくれる。石神井城址も残され、武蔵野の自然豊かな空間は、起伏に富み散歩やジョギング、釣りを楽しむ人や、ベンチで読書楽しむ姿もあり、癒やされる場所だ。ひょうたん池など子どもたちの遊び場もある。公園の中ほどにある売店は昭和の駄菓子屋風で、そのレトロ感にまた癒やされる。田楽に、「お」を付けて略したものが「おでん」。そのおでんも売っていたが練馬大根であったかは不明だ。

❖ 街のシルエット

山口瞳、嵐山光三郎、辻井喬、黒井千次、忌野清志郎、小島信夫、中上健次、滝田ゆう、三浦友和、山口百恵……。と聞いてピンと来る方はいるだろうか。いずれも国立《くにたち》に関わる方々だ。三多摩でも人気のある街だ。この三多摩は西多摩、南多摩、北多摩を指す。もともとは神奈川県だ。現在の中野、杉並あたりの東多摩は東京府に属していた。明治26年に甲武鉄道の開通に合わせて三多摩は東京府に編入される。その北多摩に属する国立の街づくりは、大正末期、堤康次郎の学園都市構想に始まり、国立駅から真っ直ぐに伸びる広々とした大学通りが印象的だ。街の中心部を一橋大学が占めており、瀟洒な街が人気の所以だ。その街のシンボルが赤い三角屋根の国立駅の駅舎だった。平成18年にJRの立体高架化に伴い解体されていたが、令和元年に駅前に街の新しいランドマークとして、案内所や多目的スペースが入る赤い三角屋根の建物が復元されている。旧駅舎時代にこの駅を利用していたので、思わず懐かしいの一言。国分寺と立川の間なので国立なのだが、駅を頂点として、南西にのびる富士見通り、南東にのびる旭通り、そして駅から大学通りを真っ直ぐに進んだ先で直角に交差する学園通りをつなぐと五角形になる。その街のシルエットが国立駅の駅舎の赤い三角屋根にそっくり。洒落ているのだ。

❖蓋棺事定

アダンの実はパイナップルに似ており、亜熱帯から熱帯地域の海岸近くに生息し、奄美大島にも分布する。その奄美大島のイメージがある孤高の画家田中一村。死後に評価された芸術家はゴッホ、ゴーギャンなど数多いるが、日本では一村もその一人だ。栃木に生まれ千葉で活動する。神童と言われるも南画から始まる画家人生は順風満帆ではなく、50歳で奄美大島に移り住んだ後も、日の目を見ることはなかった。アンリ・ルソーを彷彿とさせる作風が、最後に辿り着いた画家としての矜持か。リニューアルした千葉市美術館で田中一村展を鑑賞した。一村が奄美に移るまでの20年間、千葉に居を構えていた縁で10年ぶりの回顧展だ。最高傑作の「アダンの海辺」は日本のゴーギャンとも称され、奄美大島で命を削って描いたという。写実的ではあるが、アダンの木やその果実の黄色とオレンジ色、音が聞こえてきそうな波の表現が見事だ。アダンの実はほんのりと甘くなる黄色のときが食べ頃で、熟してオレンジ色に変わると渋くなる。あまり見かけることはないが、昔は沖縄地方などでは食べられていたと言う、美味しいものではないようだ。無名のままこの世を去った一村だが、やっと熟し始めたようだ。

❖ 左手

幕末の大奥、天璋院篤姫と静寛院和宮。薩摩藩主の島津斉彬の養女にして13代将軍家定の正室と、仁孝天皇の皇女で孝明天皇の異母妹にして14代将軍家茂の正室だ。嫁姑の確執や、2人の活躍もあった江戸城無血開城での和解は、ドラマや映画の伝えるところだ。有栖川宮熾仁親王との婚約を破棄して降嫁した明治天皇の叔母「和宮」。家茂と同じく江戸患いと言われる脚気だったからとも、箱根で暴漢に遭いそこで自害しようとして左手首を切り落としたからとも、生前なんらかの理由で左手首から先を欠損していたからとも言われ、左手の手首から先の骨が見つからず左手欠損説が謎を呼ぶ。有吉佐和子や加治将一などの別人説もあり謎多き和宮だ。京都に戻って聖護院で暮らしたとされるが、遷都を機に東京に戻り篤姫と交流していく。箱根の塔ノ沢で静養していたが病状が悪化し、わずか32歳でこの世を去る。数奇な運命に翻弄されながら悲運に耐えた女性として賛美され、遺言により、江戸城の裏鬼門を守る徳川家の菩提寺である増上寺の家茂の隣で眠っている。増上寺の安国殿にある和宮の等身大といわれるブロンズ製の像は、お堂の中の左側の一番奥にあるので見つけにくいが、やはり左手はない。「惜しまじな　君と民との為ならば　身は武蔵野の　露と消ゆとも」。有名な和宮の短歌の「君」は家茂なのか宮熾仁親王なのか、詠まれた時期はいつなのか、謎に包まれている。

❖藤棚

日本古来の花木と言われる藤。日本各地に名所はあるが平成26年にアメリカCNNが世界の夢の旅行先10箇所に取り上げたことから、一躍脚光を浴びた、あしかがフラワーパーク。日本で唯一とありインバウンドが絶えないという。昭和43年に早川農園として開園し、平成9年に現在の地に移設して現在に至る。徐々に拡張整備が進み東京ドーム2個分の面積を誇る。ふじのはな物語―大藤まつりを訪れた。野田九尺藤3本、八重黒龍藤1本の大藤や、80メートルの白藤のトンネルは見事だ。全国の夜景観光士が全国1位に選ぶイルミネーションを目当てに、夜も多くの人でごった返す。入園料は開花状況に合わせ変動する時価制だという。甘い香りが漂い見た目は蝶に似て、高貴な花のイメージがあるのは、奈良時代の藤原家が家紋に使用しているからだ。ただし花が垂れ下がって咲くので、運気が低下することを連想させるため下がり藤ではなく上がり藤だ。また不治を連想させるため、お見舞いには不向きとされ、毒性もあるので直接手で触れないでとのこと。うす紅、紫、白、黄と順番に開花する藤は、優雅な紫色の花が古くから日本で愛され、江戸琳派も好んで描いた画題で、酒井抱一の「四季花鳥図巻」、鈴木其一の「藤花図」は見事だ。円山応挙の「藤花図屏風」もいい。藤の花言葉は歓迎。見頃のゴールデンウィークに藤棚があなたを待っている。

❖ROKU

東京湾の入り口浦賀。観音崎からは対岸の千葉の富津岬が目と鼻の先だ。その湾を臨む開放的な立地にある横須賀美術館に谷内六郎館があり、生誕100年展を鑑賞した。9人兄弟の6男なので六郎。尋常小学校の2年生の頃から喘息と闘い続け、29歳のときに悪化して入院することとなる。その後、数年間の闘病生活でも絵は描き続け、34歳のときに絵が文芸春秋漫画賞を受賞し、初めての画集が出版される。それを見た新潮社の伝説の編集長、斉藤十一が週刊新潮の創刊にあたり、表紙絵に抜擢して花をさかせることになる。以後、表紙絵を描き続け亡くなるまで25年間続くことになる。絵には詩が添えられており、絵に託した思いが伝わるのだ。横須賀美術館は1300点あまりの原画のほぼ全てが所蔵されている。誰もが一度は見たことのある絵だろう。ROKUの絵といえばこれといった代表作はない。しかし見ればそれとわかる作品群は、視線と対象物がズレていたり、遠近法を無視したその手法で、まるで子どもが描いたような素朴なものだ。ずっと見ていたくなる絵たちは、古き良き昭和の香りがプンプンとし、誰もが経験したことのある、なにげない記憶の断片に満ちている。心が純粋なのだろう。そんなあるあるに心が温まり、思わず吹いてしまうのが、多くの人から愛されるROKUの絵だ。

❖ キリギリス

武蔵野台地の縁、神田川に面した関口台地は、南北朝時代には椿が自生する景勝地で、久留里藩黒田家の下屋敷が置かれていた。この地を明治になって買取り、故郷の萩に似せて本邸や築庭をしたともされる元勲山縣有朋。名付けて椿山荘だ。都心にあり100種の椿、20種の桜、ホタル、雲錦池の紅葉や、滝、湧き水がでる古香井、三重塔など都会のオアシスとなっている。時を同じくして栃木県北部の那須野が原に、華族たちにより大規模農場の開拓が始まり多くの別荘が建てられる。開拓の歴史は日本遺産にも認定されており、矢板市には山縣農場や山縣有朋記念館が現存する。もとも有朋の別荘として明治42年に建てられた洋館で、関東大震災後に農場内に移築されたものだ。幕末、明治、大正期の資料や有朋の遺品などが維持保存され一般に公開されている。ひっそりと佇んでいるという趣だったが、どこか椿山荘にも似た有朋のセンスを感じる場所だ。椿山荘はその後、藤田平太郎の藤田組、小川栄一の藤田観光に引き継がれ、有朋の「一木一石も動かさない」との意志が引き継がれている。庭園には碑があり、そこには明治天皇からキリギリスと呼ばれた男、有朋の椿山荘への愛着があふれる言葉が刻まれている。

❖とどロッキー

印象的な赤いゴルフ橋のたもとの階段を、住宅街から降りていくと別世界に迷い込む。一瞬の出来事だ。環八通りの第三京浜入口付近、武蔵野台地の南端の国分寺崖線に位置する世田谷区の等々力渓谷だ。東京23区唯一の渓谷で東京都の名勝に指定されている。多摩川に流れ込む谷沢川による浸食で1キロほどの散策路があり、夏でもヒンヤリするまさに都会のオアシスだ。古墳時代末期の横穴墓も複数あり、等々力不動尊の近くには修行の場だった不動の滝がある。その滝音がとどろいていたことから等々力だという。世田谷区の等々力商店街のゆるキャラはとどロッキーだ。筋骨隆々のアシカ科トド属のとどが地域を盛り上げる。多摩川を挟んだ対岸の川崎市にも等々力の地名がある。サッカーの川崎フロンターレのスタジアムなどがあり、こちらも負けず劣らずだ。氾濫を繰り返す多摩川の付け替えにより、両地域に別れることとなった等々力。多摩川下流域ではボラ目ボラ科に分類される魚ボラが釣れるという。出世魚のボラは転じて「とど」となる。両岸に別れてしまった等々力、とどのつまり両地域は一緒になることはないと思われる。戦うとどロッキーよ。切磋琢磨してほしい。赤いゴルフ橋の名称は、広大なゴルフ場があったことに由来する。まだまだ昭和初期はのどかな場所だったのだ。落ちたゴルフボールは見つからない。それほど渓谷は深いのだ。

補記　令和5年の倒木により、現在は一部立ち入りが制限されている。

❖ サクラ

桜の名所は土手にある。川の氾濫に悩んだ暴れん坊将軍吉宗が、庶民に花見がてら土手を踏み固めてもらおうとして植えたことに始まるという。桜も害虫被害で危機が叫ばれて久しいが関係者には知恵を絞ってほしい。日本には桜がよく似合うのだ。いつ、誰と、どこで見たのか、それぞれ特別な桜は人生につきものだ。ダミアン・ハースト展を鑑賞した。一瞬を切り取るサクラはピンク、白だけでなく青、茶、焦げ茶、赤、黄、水色……。色遊びのようだが、全体としてのバランスがよく、見ていて心地がいい。印象派がベースだという油絵だ。タイトルは「儚い桜」「素晴らしい世界の桜」「生命の桜」……。どれも同じに見えてしまうが。春には桜前線が列島を駆け抜けていくのだ。これは日本の桜の8割がソメイヨシノだからだ。同じ遺伝子のため一緒に咲き一緒に散っていくのだ。染井村の職人によるエドヒガンザクラとオオシマザクラの自然交配だ。桜は同じ遺伝子同士では交配できないため、ソメイヨシノは接ぎ木をして増やすそうだ。クローンをつくるのだ。平成10年の河川法改正により、堤防に木を植えることができなくなった。河津桜、吉野山の桜に危機が迫っている。イギリスの現代美術家ダミアン・ハーストは、ヤング・ブリティッシュ・アーティストと呼ばれる。さらにこれからの若い美術家たちにインスピレーションを与え続けるサクラであってほしい。

❖ 聖地巡礼

ときどき目的地もなく気の赴くままに、知らない街を散歩することがある。木々の多い場所を見つけると寺社や公園であることが多い。ふと記憶にある風景に出会った。新海誠監督の映画「君の名は。」のワンシーンであると気づくまでにそれほど時間はかからなかった。朱色の手すりがある男坂の階段、東京四谷総鎮守須賀神社だ。アニメの聖地巡礼の方々がちらほら、閑静な住宅街にひっそりと鎮座する。スサノヲが出雲ですがすがしい場所と言った須賀。須佐、曽我、蘇我などは関連するワードだ。その須賀神社のご祭神は、牛頭天王と習合したスサノヲ。もともと神田明神社内に祀ってあった日本橋伝馬町の守護神を、四谷の地に分祀したのが始まりとされ、地名は新宿区須賀町、参道は天王坂。八方百難除など四谷十八カ町の鎮守として庶民の信仰を集める。「君の名は。」は、壮大なファンタジーで三葉と瀧くんの時空を超えた、切ない物語が美しい映像とともに都心と田舎を繋いで展開される。シーンに多く登場するこの四谷界隈は、都心にあって物語を支える神々とのつながりを表現するのに適した地であるのかもしれない。田舎のシーンに登場する町は、諏訪湖がモデルとされる糸守湖で、その設定は岐阜県飛騨にあるとされる架空の場所で私の母親の故郷。偶然とはいえ導かれるよう聖地に辿り着いたのかもしれない。

❖ 凛として

世界が尊敬する日本人百人に名を連ね、墨象とよばれる墨を用いた造形の美を追究する、前衛墨アートの先駆者篠田桃紅。惜しまれつつも107歳で大往生した。東京オペラシティアートギャラリーで篠田桃紅展を鑑賞した。凡人にはタイトルをみても作品を理解することは難しい。ただ感じるのみだ。作品群のなかでも日本の引き算の美学と言われる空間的な間に、どの作品からも桃紅の凛とした空気感を強く感じる。78歳の作「惜墨」の4枚の連作は、墨がリズミカルに転がるように表現されている。墨を惜しんでいるのではなく、墨がまだまだその先へと進みたくて惜しんでいるようだ。「余白の白は、墨に対立することがない。ただ無為の深まりを示すばかり。」だという。祖母、父親が岐阜県出身であるため、ゆかりの岐阜現代美術館の桃紅館は多くの作品を所蔵する。幼少期から美濃和紙によく触れていたからこそ、前衛でありながら純和風なのだ。文字は自由にのびのびと踊り、線は美しさの中に緊張感を孕む。「人の生き方には決まりがないのだから、最後までどのように生きることもできるんです」生涯独身を貫き、自立した生き方を求めた。世界を股にかけ、確立した独自の抽象表現、空間表現は「一人で生まれて一人で死んでいく」との芯の強さに裏打ちされている。

❖ボテリズム

マンドリンをデッサンしているとき、中央部の穴を偶然に小さく描いたことから、ひらめいたというボテリズム。コロンブスにちなみコロンの土地を意味する南米コロンビアが生んだ現代の巨匠フェルナンド・ボテロの表現方法だ。独自のふくよかな画風が人気だが、人物画の顔はほぼ無表情。涙を流すものも無表情なのだ。視線はどこかうつろで焦点があわず、静けさが漂う。もの悲しさも漂う。どこか寂しいのだ。人物の表情が見る人の心理に影響を与えないように、とのことだ。極端にデフォルメされた被写体に、魔法がかかった様に惹きつけられる。ひとめ見ただけで忘れられなくなる不思議な絵なのだ。内戦が続いていた祖国コロンビアを離れたことによる画家の記憶の中の憂いや悲哀感の郷愁だろう。ボテロ展−ふくよかな魔法展を鑑賞した。「黄色の花」「青の花」「赤の花」の三連作は、数百本もの花々が、きれいに丸く花瓶に収まる。まるで信号機のように。この配色はコロンビアの国旗に配色されたコントラストなのだ。コロンビアに生まれ、その風土が影響された作品たちは、抽象芸術でありながら本質を的確に捉えておりどこか愛嬌さえ感じる。父を亡くし貧しい家庭で育ったことが、無表情の原点なのかもしれない。しかしボテリズムは多くの子どもたちの心を掴んで離さないなのだ。

❖お手上げ

左前足を上げれば人を招き、右前足を上げれば福を招く。商売繁盛や千客万来などの願いを込めて飾る縁起物として招き猫は人気だ。その発祥の地として知られる豪徳寺。創建は文明12年（1480）と古く、彦根藩主井伊家の江戸における菩提寺だ。2代藩主の井伊直孝が猫に導かれて寄った寺、住職の愛猫「たま」のおかげで落雷を逃れ、説法を聞けたことに因果を感じ、荒れていた寺を改築し豪徳寺と改号する。ここの招福猫児は小判を持たず、右前足をすっと上げている。人を招いて縁をもたらす、福そのものを与えてくれるわけではない。人との大切な縁を生かせるかどうかは、あなた次第。報恩感謝の気持ちがあれば、自然と福が訪れるということらしい。ご利益が叶ったか否かの判断は人それぞれだが、願いが成就したあとに返納すると、さらにご利益があるとされ、お堂の周りは帰ってきたネコたちがずらりと並ぶ。願いが叶った分の数だけネコたちがいる縁起のパワースポットだ。インスタ映えする光景のため、これ目当てに訪れる人たちで庭園はあふれかえっている。巷には両前足を上げる強者の招き猫も見かけるが、ちょっと欲張りじゃないか。前足であるため、手ではないのだが、お手上げにならぬようくれぐれもご注意を。

❖ みちひらき

中国道教が説く三尸説《さんしせつ》に由来する庚申信仰。庚申講として各地に伝わる。地域、時代によって風習に差があるものの、60日ごとの庚申の日に、夜通し祈りや酒盛りが行われている。また庚申の中《サル》にちなんで猿田彦命と結びつく。猿田彦命は日本書紀で高千穂の地でニニギノミコトの道案内をした国つ神だ。この道案内は皇室の祖アマテラスの孫が天孫降臨した場面だ。猿田彦命はその後、三重の地に戻り道案内をしたことから「みちひらきの神様」とされ、伊勢神宮近くの猿田彦神社に鎮座する。日本書紀や古事記にも登場する由緒ある神社で、道案内をしているのに伊勢神宮とは直接の関わりはなく別宮、末社、摂社には含まれない。ご祭神は猿田彦大神とその子孫の大田命だ。社殿は「さだひこ造り」と言われる独特な二重破風様式になっている。境内には芸能の神様として信仰のある佐瑠女神社も鎮座し、多くのスポーツ選手や芸能人が訪れるという。さざれ石の隣には1円玉の裏面に描かれている若木のデザインのモデルになったという説もある招霊の木もある。今年の税制大綱で交際費等から除外される飲食費の基準が、1人当たり5千円から1万円に引き上げられることが盛り込まれた。飲食の機会が増えその質は上がるのか。いずれにしても酒盛りで日本経済の「みちひらき」の起爆剤となるだろうか。

❖ ZEN

人間は視、聴、嗅、味、触の五感により外界とつながる。そして第六感の「意」も存在する。どっこいしょの語源である六根清浄の六根だ。その「意」は表面、潜在、深層など種々の意識に分けられるが、日々の生活では無意識だ。禅の修行では全ての感覚を無にするため坐禅をするのだが、これが一筋縄ではいかない。この意は厄介なのだ。意識と意識の間。これが無の正体。たとえば「お腹が空いた」「ダイエットしなければ」「明日からにしよう」この連想の間のことだ。そこに本当の自分が存在するという。修行僧は坐禅などでこの意識と意識をぶった切り、間を伸ばす訓練をするのだ。二念を継がない、これが禅の極意だ。ボッーとしている状態を意図的に作るのに似ている。仏教学者の鈴木大拙はZENを海外に広め文化勲章を受章した。ワタリウム美術館で鈴木大拙展を鑑賞した。大拙は西田幾多郎や南方熊楠などとの交流や、音楽家ジョン・ケージ、小説家サリンジャー、民芸の柳宗悦などに影響を与えていく。悟りの境地は無理としても、瞑想で自分の潜在意識を顕在化させ、新たな自分を発見するものいい。瞑想は坐禅をしなくても、日々の生活の中で何かに集中することで可能だ。ながらではなく、ただひたすらに打ち込むのだ。ZENは信仰ではなく信心。大拙は言う「ただ坦々と淡々と」。

❖ 今昔の感

東京都北多摩郡砂川町は広大な土地だった。西は福生市の横田基地に接し西砂町の地名が残り、東は国分寺市や小平市に接していた。現在の立川市砂川町だ。残堀川が砂と石がむき出しの砂の川であったことに由来する。米軍立川飛行場の拡張計画にからみ、いわゆる砂川事件がこの地で起きたのは昭和32年のこと。米軍は横田基地に集約され昭和52年に立川基地は全面返還される。その跡地に昭和58年、昭和天皇御在位50年記念事業の一環として国営昭和記念公園が開園される。総面積180ヘクタール、東京ドーム35個分の広大な公園だ。立川ローム層の上にあり平坦な地形の安定した地盤とされる。災害時には避難場所としての機能を備える市民の憩いの場だ。隣接する自衛隊の滑走路の航空制限があるため、入口のゲートからつづくイチョウ並木が、四角く刈り込まれており、このカナールが美しい。緑の回復と人間性の向上というコンセプトの下に、平成9年に開園した日本庭園は素晴らしく、平成17年には昭和天皇記念館が開館し、徐々にその姿を変えたきた。開園当時を知っているため今昔の感がある。安定した地盤というが、自衛隊立川駐屯地、立川市役所、東京地方裁判所、災害医療センターといった街の中心部を立川断層が走るのだ。近くには残堀川と人工の川である玉川上水が直角に交差し、上下に流れる場所もある。砂川町は不思議なところだ。

❖ 同い年

隣町出身の同い年の2人。ともに画家をめざして奇しくも同じ年に上京する。長野県飯田市出身の新派を代表する菱田春草と、長野県伊那市出身の旧派を代表する池上秀畝だ。互いに意識はしていたであろうが、不思議にも交流していた痕跡がないという。練馬区立美術館で生誕150年池上秀畝―高精細画人を鑑賞した。裕福な商家の祖父も父も画業に勤しみ、秀畝も幼少期から絵に親しんだという。弟子入りした荒木寛畝やその養子の荒木十畝の方が旧派の代表格だが、寛畝は秀畝のほうを高く評価していたという。父親の秀花と師匠の寛畝から秀畝だ。一曲六双の「竹林に鷺図」は秀逸だ。目黒雅叙園の創設者である細川力蔵は秀畝に入れ込んでいたようで、「翠禽紅珠」「歳寒三友」など多くの作品を所蔵していた。秀畝の晩年の重要な仕事となる雅叙園4号館の室内装飾、秀畝の間は現存しないが、静水の間の天井に「双鶴図」「鳳凰図」などが残る。また皇室や華族からの評価が高く、蜂須賀邸の杉戸絵「松に白鷹」「桃に青鸞」は見事だ。「僕は旧派でも新派でもない。製作の優否は派の如何ではない」と。近代日本画の研究はもっと旧派にスポットをあてる必要があるだろう。どの世界にも人が寄れば自然と派が立つもの。「立派」なことだが互いに認め合ってこそ「偉い！」と評価されるのだが。

❖ 締めくくり

古より人類は、自然の営みと共にある。冬至、夏至、春分、秋分などの季節の節目を大切にしてきた。鎌倉殿の舞台でもあった小田原の相模湾を臨む地に江之浦測候所がある。構想から四半世紀を経て平成29年に公開に至る。写真家、骨董屋、美術作家、建築家、演出家……。様々な顔をもつ芸術家杉本博司の作品だ。人生の締めくくりの広大なもので、蜜柑畑も兼ねることから名づけて甘橘山。室町時代の明月院の正門、法隆寺若草伽藍の礎石、旧九段会館屋上の鳥居、広島原爆投下時の爆心地近くの石造宝塔、北大路魯山人の古信楽井戸枠、山内永久寺の十三重塔、京都市電の軌道敷石、東大寺七重塔礎石、利休の待庵を本歌取りした茶室雨聴天、奈良円成寺の春日堂を採寸し、春日大社の御霊を勧請した春日社……。目玉は冬至の日の朝日が巨石を照らす70メートルの隧道と、夏至の日の朝日が差し込む100メートルの半面ガラス、半面大谷石のギャラリーだ。3千坪にも及ぶ敷地に何気なく点在する石の全ては由来つき。江之浦測候所のコンセプトは人類とアートの起源に立ち返るだ。国内外への文化芸術の発信地になることを目指している。杉本は言う「縄文以来連綿として受け継がれてきた日本文化の特質、それは人と自然が調和の内に生きる技術だ」。もうすぐ冬至だ。

❖ 登竜門

現在、渋谷の駅が大改修中だ。駅から徒歩10分ほどの所に、國學院大學の渋谷キャンパスがある。明治15年に創立した皇典講究所を母体としており、平成25年に博物館が開設され、10万点ほどの所蔵資料が無料公開されている。椢園好古図譜—北武蔵の名家・根岸家の古物を企画展ゾーンで鑑賞した。根岸友山と武香親子のお宝だ。武香は千葉周作の北辰一刀流の免許皆伝で、貴族院議員まで務めた好古家だ。北方探検家で北海道の名付け親である松浦武四郎らと交流し、明治10年に黒岩横穴群を発掘する。近くにある吉見百穴のほうが有名だが大規模で500基以上あると推測されている。國學院大學の博物館には、企画展ゾーンのほか、縄文土器、埴輪、土偶、三角縁三神三獣鏡などを展示する考古ゾーン、神社や祭祀に関連する資料、山王祭礼図屏風、年中行事絵巻などを展示する神道ゾーン、大学の歴史や有栖川宮家ゆかりの資料を展示する校史ゾーンの3つのゾーンに別れている。国学とは日本そのものを学ぶこと。その研究は契沖、荷田春満、賀茂真淵、本居宣長、平田篤胤と引き継がれ、宗教的、学問的な東の國學院と、道徳的、信仰的な西の皇學館へと繋がっている。両校の神道に対する姿勢は違えども神職をめざすものの登竜門だ。國學院のスローガンは「もっと日本を。もっと世界へ。」だ。最先端の地、渋谷に相応しい。

❖ へらひん

火事と喧嘩は江戸の華。火消集団辰五郎の「め組」は有名で「いろは四八組」の一つだ。天海が四神相応を取り入れて、「の」の字の町割、堀割で江戸の町を造る。敵の侵入を防ぎ、火災の類焼を防ぎ、物資の運搬に利があり、城に気を集めたのだ。堀の多くは埋め立てられ内堀と外堀はその名残だ。また邪気を入れないよう鬼門に神田神社、浅草寺、寛永寺、裏鬼門に日枝神社、増上寺を配置する。その日枝神社は江戸期には山王社として鎮座し「山王さん」の愛称で親しまれていた。現在はもはやこれでもかと言わんばかりに赤坂の高層ビル群の鬼たちに囲まれている。三角形の破風を戴く独特の山王鳥居が美しい神社だ。鬼ならぬ火から町を守る火消しのヒーロー、いろは四八組には「へらひん」の4文字がない。「へ」は屁、「ひ」は火、「ら」は隠語、「ん」は語呂が悪いから。「の」の字でも火災の類焼を防げなかった江戸の町、「め組」の喧嘩の辰五郎は、現在の浜松町や芝大門あたりが担当だ。ラッツ&スター「め組のひと」は、化粧品のCMの「目」と、火消しの「め組」をかけている。♪　いなせだね　夏をつれてきたひと……。「いなせ」は町人の髪型「鯔背銀杏」だ。後頭部が銀杏の葉に似て、片寄りに曲がって載り、崩れた感じがカッコイイのだ。辰五郎も「いなせ」で粋だった。火事が起こると褒美を巡る功名争いで火消しの喧嘩が絶えなかったという。……粋なこと起こりそうだぜ　めっ！　♪

❖松坂の一夜

稲葉の素兎は、兎が和邇（ワニと読むが実際にはサメといわれる）を騙そうとして、皮膚を剥がされ困っているところを、大国主神が助けるという物語だ。兎には少し残酷であるが、美談として古事記に登場する。この古事記は天武天皇が命じ、太安万侶が編纂して和銅5年（712）に成立しているが、その8年後に成立した日本書紀が正史とされ、長く忘れられることになる。松坂の一夜があるまでは。江戸中期に賀茂真淵がお伊勢参りの途中で、松坂にいた本居宣長に出会うのだ。そのとき歴史が動いた。その後に宣長が『古事記伝』を著し再評価されることになっていく。故きを温ねて新しきを知るのもいい。その松坂は、日本百名城に認定され国指定史跡にもなっている松坂城跡の石垣や、その城下町には旧本居邸や三井財閥の旧邸がある。現存する最大規模の武家屋敷で、重要文化財に指定される御城番屋敷の石畳は、江戸時代にタイムスリップしたような趣だが、今も人々の暮らしが営まれている場所なのだ。宣長も歩いていたはずだ。松坂牛も美味しいが見どころも多い。さて卯年がスタートした。景気が上向いたり、回復する年だという。亀に抜かれぬよう身を引き締めるべし。

❖無くては困るもの

携帯電話や車のバッテリー。無くなると困ってしまう。東京湾を埋め立てた島、お台場にある砲台もバッテリーだ。ペリー来航により長い鎖国の終わりを告げるとき、内海防備のため無くては困るとして、急ピッチで造ることとなったお台場。11基の計画だったが、幕府の財政難により6基のみが完成する。これを15か月でやったというから恐れ入る。しかしこのお台場は一度も使われることはなく役目を終える。現存するのは第三台場と第六台場だけで、どちらも国指定史跡だ。第六台場は海上保全され立ち入り禁止でジャングル化しているが、第三台場は台場公園として整備された観光スポットだ。砲台跡、陣屋跡、火薬庫跡、かまど跡があり、歴史を感じる場所だ。そのお台場と芝浦を結ぶレインボーブリッジが開通するのは平成5年のこと。全長約800メートルで上は首都高速、下は一般道路と「ゆりかもめ」、そして歩道だ。20分ほどで渡れるが、海上のため風がありちょっと怖いが爽快感がある。第三台場と第六台場を上から見るスポットだ。ちなみに野球のピッチャーとキャッチャーもバッテリー。かみ合わないと困ってしまう。マーチングの打楽器もバッテリー。仏語だ。英語ではパーカッション。マーチングには欠かせず無いと困ってしまう。いっそのことバッテリーの訳に「無くては困るもの」を追加してみてはどうだろうか。

❖天折の天才

100年ほど前、ウィーン美術アカデミーに入学した16歳の青年は、グスタフ・クリムトに弟子入りする。「ぼくには才能がありますか?」と問う。表現主義と括られるも独自の絵画を追求し、多くの作品を残したオーストリア人画家エゴン・シーレだ。「才能がある? それどころか、ありすぎる」とクリムト。シーレの描く人物画からは、心の内面をさらけ出すようにその目が、その指先が放つ不安定で不気味なエネルギーから、思わず目をそらしたくなる。それでいてもっと見たいとの感覚に襲われるのだ。構図や色彩が緻密に計算され、不思議な感情だけが残る。時代は第一次世界大戦に突入する不穏な時期でシーレも従軍する。エゴン・シーレ展を鑑賞した。表現主義の先駆けリヒャルト・ゲルストル「半裸の自画像」は見事だ。キリストを暗示すると言われ、真っ直ぐ見つめる鋭いまなざしに、誰もが吸い込まれるだろう。シーレの翌年と翌々年にアカデミー受験に失敗しているヒトラー。もし画家になっていたらとの議論は尽きない。終戦とともにオーストリア=ハンガリー帝国が滅亡し、クリムトが逝く。後を追うように27歳のシーレも、身ごもった妻とともにスペイン風邪をこじらして永遠の眠りにつく。シーレは死に際「ぼくの絵は世界中の美術館に展示されるだろう」と言い放つのだ。

❖ 蘇民将来

スサノヲが八岐大蛇を退治したときに、尾から出てきた草薙剣。尾を割るから尾張とされ熱田神宮に祀られている。その尾張を流れる木曽川の近くにある、ユネスコ無形文化遺産尾張津島天王祭で知られる津島神社は、地元で津島の天王さんとして親しまれる。神仏分離以前は津島牛頭天王社で全国天王総本社だ。気根を触ると、母乳がよく出るとされる樹齢600年の大銀杏が迎えてくれる。南門から、蕃塀、拝殿、本殿へと一直線に並ぶ尾張造りが特徴だ。ご祭神は厄除け、災難除け、疫病除けの牛頭天王と習合したスサノヲだ。朝鮮半島を出て古くは津島と表記されていた長崎県対馬を経由し、伊勢の地に辿り着く。夫婦岩近くの二見にある蘇民の森がその痕跡を残している。そしてそこを逃れて尾張津島の地に根付くのだ。昔はここまでが伊勢湾だったことを示す津島湊跡が天王川公園にある。天王祭では王の色、黄色い献灯提灯が並び宵祭の巻藁舟がクライマックスだ。西の八坂神社、東の津島神社。牛頭天王にまつわる別物語の伝承だ。江戸時代から変わらぬ六角形をした、招福除災を祈る護符である蘇民将来の符も授かった。

❖見ずして

日本海を臨む国立公園山陰海岸にある亀居山大乗寺。天平17年（745）に行基菩薩によって開かれた。江戸中期に京都画壇の巨匠円山応挙が、その弟子達とともに描いた襖絵165面が、13年ぶりに元の姿で公開された。応挙の晩年の大作だ。花鳥画で有名な中国元の画家銭舜挙、それに応ずる（劣らない）として応挙を名乗る。客殿入り口では応挙の銅像が訪れる客を迎える。別名、応挙寺。メインとなる孔雀の間の「松に孔雀図」は、金箔地に様々な種類の墨だけで描かれており、松煙墨の青、油煙墨の光沢などはお見事と言う表現しか見当たらない。昼間は自然光で、夜はろうそくの明かりで姿を変える。体感は現物を見るしかないだろう。襖を開けても別の襖絵と繋がる様に仕掛けがほどこされ、さらに見るものは寺中央部の仏間にある、十一面観音に導かれるよう巧妙に計算されている。山水の間の「山水図」は、部屋全体が高山から流れ落ちる滝の水が、大河となって海に注がれる空間となっており、その構成の奥深さに圧倒される。おどろくことに応挙は、どの作品も寺を訪れることなく描いたというのだから不思議というしかない。恐るべし。大乗寺は自然豊かな地にあり、「落ち着き」のある古刹だが、予想を超える来訪者に2階部分は、たわんでしまい閲覧中止という「オチ付き」だった。まさに至宝といえる大乗寺。建て替えをするのか、大補強をするのか。いずれにしても後世に残して欲しい寺の一つだ。

❖ こえど

応仁の乱により、公家や僧侶が京都から各地に逃れたことにより始まる小京都《しょうきょうと》。歴史も長く全国に数多ある。一方、少数だが江戸との関わりの深い町、江戸の風情を残す古い町並みを残している町が小江戸《こえど》と呼ばれる。どちらも訪れたくなるネーミングだ。「世に小京都は数あれど、小江戸は川越ばかりなり」との触れこみの小江戸川越。この川越は、武蔵武士の河越氏からとも、入間川を越えるからとも、河の氾濫で土地が肥沃になる河肥からとも言われる。映画のセットのような街並みが魅力だ。都心から小一時間で江戸の情緒にタイムスリップするとあり、人気のスポットだ。そこに鎮座する川越熊野神社は、天正18年（1590）に紀州熊野本宮大社から分祠され、おくまんさまと呼ばれ地元に親しまれる神社だ。闇に迷う人びとを希望に導くとされる八咫烏《やたがらす》のほほえましい姿のキャラクター、ジャンボ八咫烏様が出迎えてくれる。コロナもいよいよ5類。観光地にも賑わいが出てきた。止まっていた観光立国へ、「小」の元である「大東京」も「洛中洛外」もインバウンドで溢れる日は近い。

❖おにぎり

グラッと揺れた。大正12年9月1日に関東を襲った大地震から100年。そのときまだ1歳半だった橋本清。3歳のとき風邪をこじらせ軽い言語障害、知的障害の後遺症を患う。後に日本のゴッホといわれる山下清だ。映画やテレビドラマのイメージが強いが、実際には放浪中に創作活動はせず、驚異的な記憶力により後に描かれているという。八幡学園でちぎり絵と出会い、油彩、陶磁器、ペン画など多才だ。貼絵は傑作ぞろいで、とくに代表作「長岡の花火」は、実物を間近で見るとその才能に驚く。手で小さくちぎり取られた無数の紙片を見ると、相当な時間がかかっていることが容易に想像がつくほどだ。またその色使いに暖かみがあり、紙をこより状にすることによる立体感は見応えがある。SONPO美術館で山下清の100年目の大回想展を鑑賞した。旅に持参したリュックや着ていた浴衣など190点ほどの展示からは、その人物像と制作活動の一端を見ることができる。「今年の花火見物はどこにいこうかな」。そんな言葉を残し、才能あふれる清は、49歳の短い命を閉じる。考えさせられる展覧会だったが、損保大手4社と代理店に独禁法違反の疑いで立ち入り検査が入り、損害保険ジャパンは現在、会社がグラグラと揺れている。ちゃんと保険には入っていただろうか。

❖ソレ

寄る年波あるあるアレ・ソレ・コレ。遠称、中称、近称の指示詞だ。アレどっちだっけ大坂と大阪。これは画壇の話だ。大阪の地名の歴史に絡んでいる。江戸時代の大坂の絵画を指す場合には大坂画壇、近代の大阪の絵画を指す場合には大阪画壇を用いるのが慣例らしい。東京や京都とは異なる独自の文化圏を形成し、古くから個性的で優れた美術作品を生み出してきたが、あまり馴染みがないのは商人の街、大坂はパトロンが個人所有することが多く、世に出てこなかったからだという。東京ステーションギャラリーで、そんな作品を紹介する史上初の大規模展覧会大阪の日本画を鑑賞した。池田遙邨の「雪の大阪」。中之島の静寂の白銀世界は見事だった。大阪はかつて小坂《おざか》と呼ばれていたが、室町時代に蓮如が、「小」より「大」の方が縁起が良いとして大坂に改められる。大坂の陣のころは大坂だ。坂と阪は同じ意味の漢字なのだが、幕末以降になると「坂」は土に返るとして、死を連想させるとか、士が反、謀反を起こすなどとして、明治元年に正式に大阪となる。その大阪が盛り上がっている。阪神タイガースの岡田監督の「アレ」はどん語だ。ペナントレースも中盤。そろそろ「ソレ」に近づいているか。おっといけない口にすまい。毎日がドキドキだ。

❖ みめぐり

墨田区向島。浅草からみて墨田川の向こう側であるため向島。牛の付く地名が多く、今半などの老舗が構えている。そんな地に三井財閥の守護社、その名も三囲《みめぐり》神社が鎮座する。三井の「井」が囲まれているのだ。三井越後屋（三越）の入口のシンボルのライオン像とともに、日本でも数箇所しかない石造りの三柱鳥居（三角鳥居）がある。三角鳥居を上から見ると三角形の中に井戸の丸が入る。何のマークに見えるかはご想像に任せる。三井銀行と合併した住友銀行。その住友財閥の泉屋博古館東京で、木島櫻谷《このしまおうこく》の京都市京セラ美術館が所蔵する「寒月」を鑑賞した。竹林の厳冬の静寂、月光が照らす竹は、焼き群青で描かれ神秘な黒を帯び、雪面を歩くキツネの足音だけが響く。師匠の今尾景年は、写生を重視した円山応挙の系譜を受け継いでおり、櫻谷はその描写力や、技のデパートと言われる幅広いテクニックを持つのだが、長らく忘れられたていた画家の1人だ。「寒月」は最後の四条派、文展の寵児のいつまでも見ていたい至福の1枚だ。ちなみに京都の旧木島邸宅（櫻谷文庫）からほど近い太秦には木島《このしま》神社があり、ここに三囲神社の三角鳥居の原型がある。三越は木島神社の元氏子で、そして木島家の家紋は三角鳥居だ。

❖ イケメン風

この絵の前で立ち尽くしていた記憶が甦る。いや、近づいて観たり離れて観たりと言った表現が正しいかもしれない。あの感動から四半世紀あまり。イギリスのテート美術館で観た、イギリス・ロマン主義の巨匠、ジョゼフ・マロード・ウィリアム・ターナーの「湖に沈む夕日」だ。タイトルがないとそれとは解りづらい。そしてその技法は印象派モネへと引き継がれていく。国立新美術館でテート美術館展　光　ターナー、印象派から現代へを鑑賞した。光をテーマにした企画展だが、ジョン・マーティンの「ポンペイとヘルクラネウムの崩壊」は、圧倒的な迫力で夢に出てきそうなくらい恐ろしい絵だ。大きなカンヴァスに、ベスヴィオ火山の大爆発、逃げまどう大衆、細部に至るまで精緻に描かれており、真っ赤な色調の光の中に吸い込まれていく。テムズ川畔にあるテート美術館は、1897年にミルバンク刑務所の跡地に建てられ、その歴史は長い。ギリシャ神殿風の建物の正面が美しく、王立アカデミー美術学校教授にまで上り詰めたターナーのコレクションが豊富な美術館で、イギリス人にはテートブリテンとして愛され続けている。人物画は得意ではなく、自画像はあえてイケメンに描いていたという光の画家ターナーは、「私は無に帰る」との言葉を残して主要な作品を国家に遺贈して、76年の生涯を終える。ずっと観ていたくなる作品ばかりだ。

❖竜宮城

細川力蔵が手狭になった料亭を芝浦から目黒に移したのは昭和6年のこと。中国の文雅叙情を由来とする目黒雅叙園だ。現在はホテル雅叙園東京と名称が変更されている。本格的な北京料理や日本料理を提供し、メニューに価格を入れるなど当時としては斬新なアイデアだったそうだ。中華料理で一般に見られる円形のターンテーブルも力蔵の考案で、のちに中国へ伝わったとされる。現在のJR目黒駅から目黒川までの崖地の急斜面にあり、先の大戦もくぐり抜けた。東京都指定有形文化財として、東京で現存する唯一の木造建築3号館の百段階段は、実際には99段。階段状に繋がっていく7つ部屋が利用するものを魅了する。昭和の巨匠たちによる日本画や美術工芸品などみどころが満載だ。十畝の間、漁樵の間、草丘の間、静水の間、星光の間、清方の間、頂上の間からなる。食事処としては少々賑やかすぎるのだが、「誰もが一日、お大尽気分で優雅に過ごせるように」との力蔵の想いが込められているという。未完のままの頂上の間が一番落ち着くスペースだ。日光東照宮を思わせる伝統的な美意識の最高到達地点との触れこみは、昭和の竜宮城とも言われる所以だ。このホテルの結婚式場では、いままでに23万組を超える夫婦の旅立ちが行われたという。さあ、お伽の国の物語へ。力蔵の力作だ。

❖ アレのアレ

阪神とオリックスとのダブル優勝で関西は盛り上がった。阪神のアレのアレは、長い歴史で2度目だという。今年の野球界は春のWBC優勝に始まり、アジアチャンピオンシップ優勝とレアな年だったと記憶されるに違いない。その大阪の堂島川と土佐堀川に挟まれた、その名も中之島は古くは天下の台所、現在は行政、経済、文化施設が集中する場所だ。ここに佐伯祐三作品の蒐集家山本發次郎の念願であった中之島美術館が開館した。応挙の高弟長沢芦雪の生誕二百七十年特別展を鑑賞した。芦雪は辻惟雄に奇想の天才絵師とされたひとりで、師匠の応挙をしのぐ描写力が魅力のひとつだ。「龍・虎図襖」は見事だ。また芦雪の描く犬は今でも通用するゆるキャラだ。盛り上がる関西がうらやましいが、1度目のアレのアレは昭和60年（1985）だ。後付けとされるが、この年の4月17日の甲子園で、バース、掛布、岡田の伝説のバックスクリーン3連発もあり印象深い年だった。何度も繰り返し放映されるため槇原には気の毒だが、エースから打ったから価値があるのだ。このときの号泣の六甲おろしが忘れられない。翌日の新聞は今も大切に取ってある。各新聞社全部だ。忘れられないアレのアレがまた増えた。アレンパと期待するファンにはすまないが、ときどき優勝するから阪神の価値があると思う。アレも、アレのアレもときどきでいい。欲をかくと陸《ろく》なことはない。

補記　アレンパならず。

❖はだしの道

日本列島で最後にできたとされる千葉県。都心から向かうとその先に陸地はない。勝浦は沿岸から10キロほどの沖で急に深くなり、約200メートルも沈み込むため海底には日光が届かず、海水が冷たいため夏でもエアコン知らずという。そこから30キロほど北上した九十九里浜の最南端に、勝浦と同様に1年を通して寒暑の差が少なく、温暖な気候に恵まれた場所に上総国一之宮玉前神社がある。九十九里浜は古くは玉の浦とされ、いすみ市にある太東崎を南端とするため玉崎（前）が由来だ。大東崎はチーバくんの手のふくらみあたりだ。春分の日と秋分の日に昇る太陽が海から上がる。真東に向いて建てられた玉前神社の一の鳥居を起点として、寒川神社、富士山山頂、七面山、竹生島、元伊勢、大山を通り、出雲大社へと一直線に進み沈んでいく。ご来光の道、レイラインだ。その東の起点、玉前神社は関東屈指のパワースポットとされる。ご祭神は玉依姫命で子宝、子授けのイチョウを触れるために訪れる人が多く、無形民俗文化財の上総十二社祭りで盛り上がる。境内には「はだしの道」とよばれる玉砂利が敷かれた道があり、そのうえをはだしで3回周ると幸せになれるという。雨模様でやめておいた。チーバくんに怒られそうだ。

❖ あおはよし

人はなぜにこんなにも青に惹かれるのか。そんな体験をした。村居正之の恩賜賞・日本芸術院賞を受賞した「月照」だ。郷さくら美術館で村居正之の世界―歴史を刻む悠久の青―展を鑑賞した。30年にも及ぶ制作活動であるギリシャ・シリーズを集めての関東での大規模展で、地中海サントリーニ島ティラの町の建物の「白」と、海と空の「青」に魅了されて描いたという。まさにギリシャの国旗の色合いだ。「アクロポリスの月」「メテオラ夕映」「雨」は素晴らしく、「白い協会」「サントリーニ」の白色も秀逸だ。村居は天然の岩絵具にこだわり、とくに藍銅鉱を使う天然群青は神秘的だ。師の池田遙邨から「自分の山に登れ」と教えを受け、オンリーワンの作風をめざす。「私たち作家にとって重要なのは、どんな作品を生み出すかということ。この先も一歩でも高みに上り深みをめざして、前に進むつもりです。」と。喜寿をむかえ、これからは日本の四季を描いていくという。これからどんな「青」をみせてくれるか楽しみだ。一方、「青は藍より出でて　藍よりも青し」。100年に1人と言われるメジャーリーガーの大谷は、ユニフォームを「赤」から「青」に変え、数多の才能ある「藍」たちを超えていく。こちらの「青」も楽しみだ。

補記　大谷は50―50を達成し、チャンピオンリングも手に入れた。なんてスゴイ男だ。

❖お犬さま

狛犬ではなくオオカミ。信仰のありかたはそれぞれ。荒川の源流地・奥秩父の三峰山に鎮座する三峯神社。山の方は峰、神社の方は頭に山を頂く峯だ。この三峰は白岩山・妙法山・雲取山の三つ峰の総称だ。修験道の祖・役小角《えんのおづぬ》が修行をしたとも伝えられる山岳信仰の場でもあった。景行天皇の皇子、日本武尊が、東征途中にこの山に登ってイザナギ・イザナミの国造りを偲んだことによるとされる。人里離れた関東随一のパワースポットで、大自然の中での参拝が売りだ。車がないと行けない場所にあり、1本道のため観光シーズンは大渋滞となるので、参拝の際にはご注意を。白色の三つの鳥居の前に構えるのはオオカミで、イノシシなどから農作物を守る神使とされ「お犬さま」と親しまれている。絶滅したとされるニホンオオカミの生息地であった奥秩父や奥多摩は、関東一円を潤す大きな川の源流地と重なる。その一つの多摩川の源流地の武蔵御嶽神社も同様の講があり、古くから信仰の地とされる。オオカミは大神なのだ。オオカミはいなくなってしまったが、関東の農家などで、ときどき見かける「お犬さま」だ。大口真神《おおくちまがみ》として、いまも根付いている。

❖ こころの風景

正平さん、スタッフの皆さん、チャリオ君、こんにちは。私のこころの風景は「おばあちゃんちの近くを流れる馬瀬川の大きな岩」です。小学校の低学年の頃、妹が生まれたため夏休みに1人で母親の祖父母の家に預けられていました。近所には遊んでくれるお兄ちゃん達がいて、クワガタやカブトムシ取りなどに連れて行ってもらい、楽しい思い出ばかりです。馬瀬川は国道41号線のJR飛騨金山駅あたりで飛騨川に合流します。その馬瀬川に沿って走る県道86号を上流に向かって行くと、近くには天然記念物であるオオサンショウウオが生息する四つの滝があり、さらに遡ると岩屋ダムの東仙境金山湖もある自然豊かなところです。お盆になると従兄弟たちも集まり、わいわいガヤガヤ。皆で一緒に食べた、近くの水路で冷やしたスイカや、取れたての茹でたトウモロコシは、いつもより美味しく感じたものです。そして馬瀬川に行き川遊び。大きな岩から川に飛び込んで遊んでいました。アブとの闘いでもありましたが。すでに祖父母も亡くなり、「おばあちゃんち」も人手に渡りました。チャリオ君、近くにお立寄りの際には、尋ねてみて頂けないでしょうか。その「岩」は国道41号線と岩屋ダムの中間地点ぐらいにあり、子どもには大きく感じましたが、名前がある訳でもなく、見つけられるかどうか。地図はこの本の裏表紙に記しておきます。これからも楽しみに拝見させていただきます。くれぐれもご自愛くださいませ。

❖ 合掌

鮎やアマゴなどの渓流釣りが趣味でよく川につかっていた。車輛の製造会社に就職し、定年まで勤め上げた。自慢のパジェロは当時、一世を風靡した。物作りが性に合っていたのだろう日曜大工も趣味だった。あれこれと工夫し自宅の庭は色々な作品であふれていた。生粋のアイデアマンだ。また楽譜が読めるわけでもないのに、感覚だけでキーボード、ピアノ、ギター、アコーディオン、ハーモニカなどの楽器を器用にこなした。音楽家や画家などの芸術家には左利きが多いとされるが、同様に左利きだった。昭和時代には左利きは右利きに強制された時代だ。厳しい教育で育ち、箸と筆は右利き、きれいな字を書いた。キャッチボールやゴルフなどはレフティー。お気に入りのキャップの帽子のコレクションの数々。カラオケも好きだった。キーボードを弾きながらよく唄っていた。鮎が沢山釣れると、焼いて冷凍しておき、さらに2度焼きしたものを、熱燗に入れて鮎酒にして日本酒をたしなんでいた。冗談を言っては人を楽しませることが大好きで、周りはいつも笑いであふれていた。そんな自慢の「親父」が鬼籍に入ってしまった。あなたの子に生まれたことに感謝しかない。お疲れ様。また会おう。享年86歳。

あとがき

小さい頃は近所の公園で、飛んだり跳ねたりしていた。母親に「遊んでないで勉強しなさい。」とやられた口だ。机にジッとしていられない性格だった。いまも変わらないのだが。そんな学生時代なので、本は夏休みの感想文を書くために仕方なく読んだぐらいだ。漫画もやらなかった。それでも年を重ねれば自然と大人になっていくもので、そんな少年Nはその反動ゆえ、上京を機に貪るように読書にのめり込んでいくのだから人生は不思議なものだ。活字に飢えていたと言った方が正しいかもしれない。近年は多興味になり、乱読するようになってしまった。そのため積読状態で順番待ちをしている。

このお耳拝借を書き始めた動機について紹介しておこう。税理士として所属するTKC全国会は、開業3年未満の会員をニューメンバーズと称して、新入会員のために、北は北海道から南は沖縄までの会員事務所の見学会や、先達の税理士の講演会などを企画している。駆け出しの税理士がどのように事務所を拡大していくのか、先輩方々の仕事のノウハウをいただこうという企画だ。半分は事務所見学会にかこつけて、同じ悩みを持つ仲間の旅行や飲み会のようなものなのだが。事務所を立ち上げその会に参加したときに、講師である先輩の方が、経営に役立つ税務情報を独自に作成し毎月発行されていた。一瞬でこれだ！　と触発され見よう見まねで始めたのだ。サクセス通信と題して現在も発行している。サボらないように通し番号ではなく発行月号にしている。やり始めたとき、ふと税務や会計情報だけではなにか味気ないと感じ、どうせなら、つぶやこうと始めたのが、このコラムのお耳拝借である。お昼休憩や、息抜きとして閑話休題的に目を通して頂ければとの思いからだった。

しかし若いころの懈怠は覆えるものではなく、言葉を紡いでいくのに苦労することや、ネタ探しが大変なのだ。マンガ好きがマンガ家になれる訳でもなく、音楽好きが皆、ミュージシャンになれないように、本好きが物書きとして文章づくりが得意になるというわけではないのだ。読書というインプットと書くというアウトプットは、まったく別物なのだということをつくづく思い知らされた。物書きのプロではないのだからと言ってしまえばそれまでだが、やめずに地道に続けてきた。たとえば「…」「—」の様な記号を、何と読むのかさえ知らなかったのだ。それぞれ三点リーダー、ダッシュと言うのだが、勉強してみてはじめて分かったことだ。

画家が色を操るように、言葉が踊るようにとはいかないまでも、書きながら鍛えられていくのだろう。つたない文章で恐縮だが、しがない税理士ゆえお許しいただきたい。コラムのネタについては、実際に体験したことに基づいているのだが、いままで読んできた書物や、後日に詳細を調べてまとめたものもある。座右の銘は、継続は力なりだ。学生時代から日記も付けている。こちらは誹にさらすものではないので、ただ殴り書きをしているだけなのだが、続けている。

サクセス通信はA4サイズで、上段に税務や会計情報を、下段にお耳拝借を載せているため、最後までお読みいただいた方は、コラムのボリュームが違っていることに気づかれたと思うが、これは上段の内容によって、つぶやきのスペースが各号変わってしまうことによる。また枠にピタリと入れるため文字数を調整するのに苦労する。日本画はよく余白を楽しむものだと言われるが、書籍にする過程で感じたことは、その余白があることだった。決して余分ではないのだ。一つ一つのコラムは文字で表現しているのだが、書きたいこと、伝えたいことがすべて文字で表せるわけではなく、その余白から、余韻のような、残響のような、余香のような、余薫のようなものが伝われば幸いだ。

過去のコラムを読み返してみるいい機会にもなった。初期のころのものにはその苦労の痕跡がみられる。なにしろネタづくりが難問であったことを思い出したのだ。思い入れのある記事や、何を書いているんだと思うような記事も多くあった。それこそ「て・に・を・は」から「です・ます」などの初歩的なことまでだ。読者に字がちがうと指摘されたこともしばしば。ありがたいことだ。読んでくれているのだから。それでも長く続けることで、チョットはマシになって来たのかもしれない。まさに継続は力なりだ。自分の絵の余白に、自ら「賛」を書いて「自画自賛」という。こういう人は凄いなど思うが、この心意気がないとダメなのだろう。そんなことはおこがましくて言えないが、恥の上塗りにならぬよう加筆修正した。なかには大幅に手直しをしたものもある。発行順ではなく、タイトルも付してみた。また時期が重なり未発表のものもこれを機に収録した。

サクセス通信はお客様や縁があって名刺交換をした方々に毎月送っている。いや勝手に送りつけているといった方が的を射ている。しかし読者の中にはクライアントになってくれた方々もいるから、ありがたいものだ。メールやSNS全盛の現代にあって、紙にして郵送しているのだ。不便益とは言わないが、文明の利器に便利害を感じてしまうのは、昭和人あるあるだろうか。デジタルにしろアナログにしろ情報過多の時代だ。当然、収捨選択はあろう。想像したくはないが受け取った方の中にはそのままゴミ箱……かも知れない。ここはお願いだ。一生懸命に書いているので、さらっと目を通して頂けると、さらにやる気が出るのかも知れない。読者の1人である青簡舎の大貫祥子社長に、お声かけをいただき出版の機会を得た。ためらいもあったが、こんなチャンスはもう訪れないだろうと、ありがたく甘えることにした。大変お世話になり、この場を借りて感謝を申し上げる。

そして、もう1人感謝しなければいけない人がいる。今の税理士人生があるのは、公認会計士・税理士である母方の伯父に誘われて、この道に進むことになったことだ。税理士として必要なことは、全て伯父から教わった。この縁がなければ、どんな人生であっただろうか。ほんとうに感謝は尽きない。

タイトルの副題を「つぶやき続けて四半世紀」とした。少し盛っている。ゴロがいいのでそうしたが実際には22年ほど。偽りにならないようあと3年は続けないといけない。ゴンドワナ大陸やパンゲア大陸などの研究が進むが、アフリカで誕生した我々の祖先ホモサピエンスが、グレートジャーニーによって世界中に広がり、この地に約5万年前にたどり着いた。それが縄文人なのかもしれないが現代の我々に繋がっているのだ。その移動が必要に迫られてのものか、好奇心によって広がったのかは研究の段階らしいが、食べること生きることであったに違いない。そのチャレンジ精神の冒険遺伝子は、現代人にも備わっているらしい。それは未だ見ぬ美しい景色や、見たことのない美しい絵や、心を躍らせるすばらしい音楽を聴きたくなる感覚なのだろう。そんな知的ジャーニーのDNAの記憶が、我々の中にも生き続けているのだ。本文よりもつぶやき過ぎているようなので、そろそろペンを置こうと思う。

すでに残りの人生を数える方に近づいている。人生100年というが、このお耳拝借をどれだけ続けられるのだろうか。与えられた環境、この命の許される限り余暇だと思い、コツコツと続けていこうと思う。まだまだ向上心は尽きぬ。感性を磨きつつ、家内を道連れに、好奇心の赴くままに。

令和6年11月吉日　神保町のオフィスにて

樋田省吾

樋田省吾

税理士
TKC 全国会の「会計の力で会社を強くする！」をモットーに、本の街神保町から中小企業を応援する。

お耳拝借 ―つぶやき続けて四半世紀―

二〇二四年一一月五日　初版第一刷発行

著　者　樋田省吾
発行者　大貫祥子
発行所　株式会社青簡舎
〒一〇一-〇〇五一
東京都千代田区神田神保町二-一四
電　話　〇三-五二一三-四八八一
振　替　〇〇一七〇-九-四六五四五二
装　幀　水橋真奈美（ヒロ工房）
印刷・製本　株式会社太平印刷社

ISBN978-4-909181-47-3 C1095